L'aventure
du banal

Une rencontre
fortuite

Au cœur de cette toile bucolique, le Café de l'Espoir
commence à montrer des signes de vie. Une petite
enseigne en bois, peinte à la main avec le mot «Espoir»
en lettres cursives, oscille doucement au rythme d'une
brise matinale. Le propriétaire, Monsieur Lefebvre, un
homme dont les tempes argentées racontent autant
d'histoires que les livres empoussiérés sur ses étagères,
ouvre les volets avec une précision rituelle. Il connaît
chaque craquement de bois, chaque grincement
familier, comme une symphonie annonçant le début
d'une nouvelle journée.

À l'intérieur, les tables en chêne massif sont alignées
dans une harmonie parfaite, les chaises retournées sur
les plateaux, attendant d'être descendues pour accueillir
les habitués et les voyageurs de passage. Les tasses sont

empilées avec soin derrière le comptoir, prêtes à être remplies du café noir et fumant qui fait la réputation de l'établissement. Le sol en carreaux de faïence, patiné par des générations de pas pressés et de retrouvailles chaleureuses, luit sous les premiers éclats de lumière.

Tout est silencieux, pour l'instant. Le village n'est pas encore tout à fait réveillé, mais le café, lui, est prêt à jouer son rôle de cœur battant de cette petite communauté. C'est ici que les nouvelles du jour seront échangées, que les rires fusent et que les destins se croisent.

Monsieur Lefebvre prépare sa première cafetière, le riche arôme du café fraîchement moulu s'élevant comme une promesse dans l'air encore frisquet du matin. C'est un arôme qui porte en lui le réconfort des traditions et la chaleur de l'accueil. Peu à peu, les bruits de la vie reprennent : le cliquetis d'une cuillère contre une tasse, le souffle de la machine à espresso, le doux babil des premiers clients qui poussent la porte.

Parmi eux, Emma et son fils Léo seront bientôt les premiers à entrer, inaugurant la scène pour la journée à venir. Mais pour l'instant, notre petit café attend, suspendu dans cette heure tranquille où le jour n'est pas encore tout à fait né, où tout reste possible, où chaque histoire n'attend que d'être racontée.

La porte ancienne du Café de l'Espoir chante à l'ouverture, une mélodie qui précède l'entrée d'Emma et de son fils Léo. Avec une grâce qui semble démentir la rusticité des pavés érodés par le temps, elle manœuvre la poussette à travers l'entrée, saluant

Monsieur Lefebvre d'un hochement de tête complice. Son sourire, contagieux et lumineux, éclaire l'intérieur tamisé du café, apportant avec elle l'énergie nouvelle du jour qui commence.

Léo, deux ans à peine, trône dans sa poussette comme un petit roi curieux de son domaine. Ses yeux pétillants scrutent le café, captant les jeux de lumière qui filtrent à travers les rideaux de dentelle. Ils se posent avec intérêt sur les rayonnages de livres et les habitués déjà installés, avant de revenir à sa mère, le centre de son univers.

Ils s'installent à leur table habituelle, celle près de la fenêtre où le soleil se fait artiste, jouant avec les ombres et baignant la pièce d'une chaleur douce. Emma sort les trésors de Léo : quelques crayons de couleur et un cahier de dessin aux pages déjà griffonnées de gribouillages enthousiastes. Pendant que Léo commence à dessiner, Emma commande auprès de Monsieur Lefebvre avec une familiarité chaleureuse : un capuccino pour elle, parfaitement mousseux, et un petit chocolat chaud pour Léo, juste tiède, avec une moustache de mousse qui le fera immanquablement sourire.

Alors que Léo s'engage dans la création de son prochain chef-d'œuvre, Emma ouvre son ordinateur portable. Elle s'immerge dans son univers, où les questions d'écologie et de développement durable prennent forme et vie sous ses doigts agiles. C'est un ballet quotidien : les touches cliquettent en harmonie avec les sons matinaux du café, une symphonie d'activité et de concentration.

De son côté, Léo babille, raconte à sa mère les aventures

des créatures qu'il dessine, sa voix douce se mélangeant aux murmures alentours. Il interpelle parfois Emma avec la gravité comique qui caractérise les questions sérieuses des tout-petits, comme «Pourquoi les chiens n'ont pas de mains ?» ou «Où vont les bulles quand elles disparaissent ?»

Autour d'eux, le café s'anime, mais mère et fils restent dans leur cocon de complicité, une île de tendresse au milieu de l'agitation croissante. C'est un tableau quotidien, une peinture de la vie commune où chaque trait, chaque couleur, est une note dans la mélodie de ce petit coin de paradis.

Le café noir de Samuel est un rituel immuable, une tradition qu'il perpétue avec une dévotion presque religieuse. Ce lieu, avec ses murs patinés par le temps et ses conversations murmurées, est le témoin silencieux de cette habitude quotidienne. Chaque matin, alors que le village sommeille encore sous la caresse tendre de l'aube, Samuel pousse la porte du café, un sanctuaire où il peut s'immerger dans la tranquillité et la réflexion. Il s'installe toujours à la même table, un peu en retrait, où la lumière du jour filtre à travers les rideaux en une douce lueur tamisée. Ici, il est à l'abri des regards curieux, dans un espace où la solitude prend le caractère d'un compagnon bienvenu plutôt que d'une ombre pesante. Samuel sort de son sac élimé ses fidèles compagnons : des ouvrages de philosophie écornés par l'usage, des carnets aux pages griffonnées, un stylo-plume qui semble une extension de sa pensée.

Avec une routine presque liturgique, il commande son café noir, chaud comme l'enfer et fort comme le diable, selon ses propres termes. C'est un breuvage qui ne tolère pas la tiédeur, un écho liquide de sa propre nature exigeante et de sa recherche incessante de vérité. La tasse fumante arrive, et avec elle, le début de sa journée de contemplation et d'étude.

Les habitués connaissent bien cette figure solitaire, respectant son silence comme on respecte le calme d'une bibliothèque sacrée. Ils le saluent discrètement, parfois avec un geste de la tête ou un murmure, auquel il répond par un signe de reconnaissance bref mais courtois. Samuel est là, parmi eux, mais son monde est ailleurs, dans les dédales de la pensée et les labyrinthes de la logique.

Le théâtre du café se déploie autour de lui, une pièce vivante aux nombreux acteurs, mais Samuel est comme un spectateur en retrait, absorbé par ses livres, sa tasse de café noir à portée de main, symbole de sa passion ardente pour la connaissance et la réflexion profonde.

C'est dans cette ambiance de café et de philosophie que Samuel vit ses matins. Et c'est dans cet espace intemporel, entre le noir de son café et les dorures de l'aube, qu'une connexion inattendue va se former, subtilement, inéluctablement, entre lui et la mère et son fils qui ont choisi de partager ce même havre, chacun à leur manière.

Les matins d'Emma au Café de l'Espoir sont rythmés par une routine douce et familière, mais depuis quelque temps, un élément nouveau s'est glissé dans ce rituel : les coups d'œil discrets qu'elle lance à Samuel. Emma, entre deux frappes sur son ordinateur, ne peut s'empêcher de le remarquer, lui, l'homme de l'ombre, avec son café noir et ses livres épais.

Ce n'est pas tant sa solitude qui intrigue Emma, mais plutôt la manière dont il semble engloutir les mots avec une telle intensité, une concentration qui rend le reste du monde flou et secondaire. Elle le voit là, chaque jour, aussi immuable que le vieux comptoir de chêne, aussi mystérieux que les arômes qui se mêlent dans l'air du café.

Emma se surprend à construire des histoires autour de ce personnage silencieux. Elle imagine les mondes qu'il doit traverser au gré de ses lectures, les idées qui doivent danser dans son esprit, les philosophes qu'il doit interroger silencieusement. Ses regards sont des passerelles jetées par-dessus le gouffre de l'inconnu, tentatives timides de comprendre qui est cet homme à la table du fond.

Samuel, de son côté, reste ignorant de ces petites flèches de curiosité. Il est là sans y être, enveloppé dans la cape de ses pensées. La chaleur de son café noir, qui semble émaner des profondeurs mêmes de la terre, est son unique compagne, tandis qu'il déchiffre les phrases complexes des grands penseurs.

Les regards d'Emma sont furtifs, mais ils reviennent, inévitablement. Comme des papillons, ils se posent, s'envolent, et reviennent se poser encore, attirés par le mystère de cet homme et par la tranquillité qu'il dégage.

Elle n'ose pas encore l'aborder, mais l'idée commence à germer dans son esprit, poussée par une force invisible, par cette même curiosité qui la pousse à défendre la planète ou à plonger dans les abîmes de l'internet à la recherche d'inspiration.

Dans ce petit café, les matins se suivent et se ressemblent, et les regards d'Emma vers Samuel se font de plus en plus chargés de questions silencieuses. C'est le prélude d'une symphonie encore inaudible, le murmure d'une histoire qui ne demande qu'à être contée, entre le clavier et les pages, entre le capuccino et le café noir.

Samuel est un homme d'habitudes, un philosophe dont la chaise semble avoir été moulée à sa silhouette, dont la table porte les marques de ses habitudes. Chaque matin, il s'y enracine, aussi discret qu'une ombre, aussi profond que les pensées qui l'habitent. Ses traits autistiques peignent son monde en nuances particulières, où les interactions sociales sont des énigmes souvent plus complexes que les théories de ses livres bien-aimés.

Ce matin, comme tous les autres, Samuel traverse le café sans faire de vagues, saluant d'un hochement de tête les habitués qui le reconnaissent. Son arrivée est un murmure parmi les conversations, une constante rassurante dans le tableau vivant du café. Il s'assoit, dépose délicatement son sac, et aligne ses outils de travail avec une précision minutieuse qui dénote un besoin d'ordre et de prévisibilité.

L'espace autour de lui devient une bulle, un sanctuaire dans lequel il se sent en sécurité pour explorer les terrains accidentés de la philosophie. Les sons du café sont pour lui comme une musique lointaine, un bruit de fond qui berce ses réflexions plutôt que de les interrompre. Il se délecte de la solitude au milieu de la foule, une solitude choisie et appréciée, qui lui permet de maintenir à distance le chaos sensoriel du monde.

Dans sa tête, les idées s'assemblent et se désassemblent avec la fluidité et la précision d'une horloge suisse. Samuel est à la recherche de vérités universelles, de ces fils d'or qui tissent ensemble l'existence humaine, et pour cela, il a besoin de silence et de concentration. Le café noir qui l'accompagne est un allié dans ce processus, un stimulant pour l'esprit qui l'aide à se plonger plus profondément dans ses réflexions.

Mais derrière cette façade de tranquillité, il y a une lutte constante, un effort pour s'adapter à un monde qui ne lui est pas toujours naturel. Les traits autistiques de Samuel sont pour lui comme une langue étrangère qu'il a appris à parler, mais dont il ne saisit pas toujours toutes les subtilités. Les interactions humaines sont analysées, décortiquées et souvent mal interprétées, malgré sa meilleure volonté.

Ainsi, lorsque Emma lui jette ces regards curieux, Samuel les perçoit peut-être, mais leur signification lui échappe. Ils sont comme des papillons qui volent hors de sa portée, des signaux qu'il enregistre sans les comprendre pleinement. Il est conscient de sa présence, de la douceur de son sourire et du rire clair de son fils, mais il les place dans une boîte séparée de sa conscience, là où ils ne perturberont pas l'ordre de son monde intérieur.

Dans ce petit café, Samuel est un voyageur solitaire naviguant sur un océan de pensées, avec pour seule boussole sa propre logique interne. Et pourtant, malgré cette distance qu'il maintient avec les autres, il fait partie intégrante de la tapisserie du café, un fil essentiel dans le tissu de cette communauté.

Ce café est un monde en soi, et dans ce monde, Léo est un petit soleil rayonnant autour duquel gravitent les clients matinaux. À deux ans, chaque jour est une aventure, chaque moment une découverte, et le café devient son royaume le temps d'une matinée. Avec ses boucles brunes qui encadrent un visage toujours étonné, il attire les sourires bienveillants des habitués qui le voient grandir au fil des saisons.

Ce matin, Léo s'adonne à l'une de ses activités favorites : la construction de châteaux de sucre. Assis à leur table habituelle, où la lumière du jour semble toujours trouver un chemin direct vers lui, il manipule avec une concentration adorable les petits sachets de sucre que sa mère dispose devant lui. Ils deviennent tours et donjons, les grains de sucre, des pierres précieuses à empiler avec précaution.

L'imaginaire de Léo est sans limites, et son café devient un pays des merveilles où chaque table est une île, chaque chaise un géant endormi, et chaque client un personnage d'une histoire qu'il se raconte. Il gazouille et commente ses propres créations, parfois demandant à sa mère de regarder «regarde, maman, le château !»

avec la fierté propre à l'accomplissement des tout-petits. Emma, jamais trop loin, l'observe avec une tendresse teintée d'amusement. Elle participe à son jeu, admirant chaque nouvelle structure éphémère avant de revenir à son travail, un équilibre parfait entre les responsabilités d'adulte et les joies de la maternité. Les autres clients aussi, se laissent prendre au jeu, offrant parfois à Léo un nouveau sachet de sucre pour agrandir son royaume. Le personnel du café, complices habituels des matinées d'Emma et Léo, apportent au petit prince son chocolat chaud, avec cette moustache de mousse qu'il adore. Léo accueille la boisson avec des «ooooh» émerveillés, abandonnant momentanément son architecture sucrée pour se délecter de cette autre merveille.

Dans ces instants, Léo est le maître d'une cour invisible, un petit garçon qui, sans le savoir, tisse des liens entre les cœurs et les esprits de ceux qui le côtoient. Il est l'innocence et la joie, un rappel sans paroles de la beauté simple de l'existence.

Et voilà que ce petit lieu respire au rythme des jeux de Léo, et bien que Samuel soit plongé dans ses pensées philosophiques, même lui ne peut échapper complètement à la magie enfantine qui imprègne l'air. Les châteaux de sucre de Léo ne sont pas simplement des amas de sachets vides, ils sont le symbole de la créativité et de la pureté, des édifices qui, malgré leur fragilité, possèdent la force de toucher chacun, d'ajouter une note sucrée à la mélodie du matin.

Le matin déploie son étole lumineuse sur l'établissement,

et dans cette scène presque intemporelle, Emma est une figure de constance et de chaleur. Avec son capuccino à portée de main, elle forme, avec son fils, une image d'équilibre et de contentement. Sa présence est un pont entre la quiétude et le dynamisme, une mère multitâche ancrée dans l'instant présent, une île de sérénité au milieu du flot des arrivées matinales.

Léo, le compagnon de ses matins, est un tourbillon d'innocence, entouré de ses jouets, bâtissant des empires de fantaisie sur le sol carrelé. Chaque rire, chaque question, chaque exclamation de surprise de Léo est une note de musique dans la symphonie quotidienne de ce lieu de convivialité.

Emma, entre deux paragraphes rédigés, offre à Léo une présence attentive et douce. Elle incarne la polyvalence, jonglant entre son rôle de mère et celui de professionnelle avec une grâce qui semble aussi naturelle que la danse des feuilles à l'extérieur de la vitre. Son capuccino, tel un phare, émet des signaux de vapeur, témoignant de la chaleur humaine qui se dégage de leur duo.

Les habitués, dans un ballet de gestes routiniers, reconnaissent en elle une figure familière et appréciée. Elle leur offre des hochets de tête amicaux, des échanges brefs mais chaleureux, tout en restant dans la sphère de son univers personnel.

Dans ces moments de pause, où son attention s'échappe du monde digital pour se perdre dans l'observation discrète, Emma s'adonne à son passe-temps favori : la contemplation. Elle absorbe les détails de l'endroit, ces interactions silencieuses, ces petits riens qui font le sel de la vie communautaire. Et dans ce jeu d'observation, ses yeux se posent parfois sur Samuel, le contemplatif, avec une pointe de curiosité.

L'espace qu'ils partagent, ce coin de village animé, est un théâtre où se jouent des scènes de la vie de tous les jours, et Emma, dans son coin de monde, en est un personnage clé. Elle est un pilier de calme et d'énergie, de détermination et de tendresse, une peinture en mouvement dans la galerie vivante du petit établissement.

Ainsi, dans la douce cacophonie matinale, Emma et Léo sont des protagonistes chaleureux, apportant à chacun de leurs matins une touche personnelle et intime, un tableau où le quotidien devient art, et où chaque geste, chaque sourire, est une pincée de couleur ajoutée à la fresque du jour qui s'éveille.

Au sein de l'atmosphère chaleureuse du café, Samuel s'installe dans son coin habituel, un havre qui semble l'isoler du remue-ménage environnant. Ses livres, îles de sagesse dans l'océan de ses pensées, sont disposés méthodiquement devant lui. Il est là tous les matins, un compagnon taciturne des premières heures, partageant l'espace avec les habitués sans jamais vraiment se mêler à eux.

Les pages se tournent, les idées se déploient, et Samuel, dans un monde à part, est comme un danseur dans une chorégraphie muette et solitaire. Le ballet des pages est son mouvement, le froissement du papier sa musique. Il semble presque danser au rythme de ses réflexions, un pas de deux entre lui et les mots qui capturent son attention complète.

Les clients entrent et sortent, des fragments de conversations s'échappent et s'envolent au-dessus de sa tête, mais Samuel reste immergé dans la constance de son rituel. Son café noir, fumant et intense, est le seul témoin de l'activité de son esprit, une présence discrète sur sa table autrement austère.

Dans le coin où il s'abstrait du monde, il ne note pas le va-et-vient des serveurs, ni le cliquetis des tasses, ni même les éclats de voix qui parfois éclatent comme des bulles dans l'air. Il est là, certes, mais il est aussi ailleurs, naviguant sur les eaux profondes de la pensée et de l'analyse.

Pour les autres, Samuel est une énigme vivante, un habitué dont la constance rassure sans qu'on ne sache vraiment pourquoi. Il est une partie de la toile, un élément du décor, une présence dont l'absence se ferait remarquer même si l'on ne peut définir son rôle exact dans le tableau général.

Son immersion dans ses livres est presque méditative, un processus qui le sépare du monde extérieur tout en lui permettant de l'explorer d'une manière qui lui est propre. Les philosophes avec lesquels il dialogue silencieusement sont ses partenaires dans cette danse de l'esprit, et son café noir est la ponctuation de ce rituel quotidien.

Le café devient ainsi une scène où chaque personne joue son rôle, et Samuel, avec son ballet de lectures et ses sirotages pensifs, est un danseur solitaire mais essentiel. Il est la preuve vivante que, même dans un lieu de rencontre et de bruit, il peut exister un îlot de silence et de réflexion.

À l'approche de midi, le café commence à se vider de ses visiteurs matinaux. Les derniers échos des conversations matinales s'atténuent comme les notes d'une mélodie lointaine. Emma a refermé son ordinateur et rassemblé les crayons de Léo, qui baille maintenant, signe infaillible de sa matinée bien remplie. Samuel, quant à lui, marque la page de son livre avec une minutie réfléchie, son café depuis longtemps refroidi.

Monsieur Lefebvre, le gardien de ce sanctuaire de la convivialité, entreprend avec une familiarité sereine le rituel de clôture. Il passe un chiffon sur les tables désormais vides, replaçant les chaises avec un soin paternel. Le comptoir est nettoyé, les tasses rangées, et la machine à espresso reçoit un dernier polissage jusqu'à ce qu'elle brille sous les néons tamisés.

Les derniers clients se lèvent, échangeant des «au revoir» et des «à demain» avec le personnel qui, malgré la fatigue, répond par des sourires sincères. C'est une fin, mais aussi une promesse de continuité, la certitude que le lendemain apportera une autre journée pleine de la même chaleur humaine et des mêmes rituels réconfortants.

La porte du café se ferme doucement derrière les derniers visiteurs, laissant derrière elle le silence et une certaine paix. Le village lui-même semble marquer une pause, un souffle retenu entre le jour et la nuit. À l'intérieur, l'air est imprégné de l'odeur résiduelle du café et du chocolat chaud, témoins invisibles des moments partagés.

Monsieur Lefebvre jette un dernier coup d'œil autour de lui, s'assurant que tout est prêt pour accueillir le lendemain. Les lumières sont tamisées, offrant à la pièce une ambiance de fin de chapitre, un calme après l'histoire du jour. C'est un tableau quotidien, une scène familière pour le patron, mais toujours chargée d'une certaine nostalgie.

Dans le calme, Samuel et Emma s'en vont, emportant avec eux les fragments de la journée. Ils sont les acteurs d'une pièce dont le décor est maintenant rangé, en attente de la prochaine représentation. Et alors que le café se tait, les histoires qu'il a abritées continuent de vivre dans les esprits et les cœurs de ceux qui l'ont fréquenté.

Notre petit Café se repose enfin, bercé par les souvenirs de la matinée et les promesses du lendemain. C'est un cycle perpétuel, une ronde infinie de rencontres et de départs, et à chaque fermeture se trouve l'écho du renouveau, le silence avant la prochaine ouverture.

Le café désormais tranquille est un contraste saisissant avec le tourbillon de la matinée. Dans ce calme, Emma, avec Léo endormi dans ses bras, s'accorde un moment de réflexion. Elle se laisse aller à la pensée que, jour après jour, dans ce lieu chargé de tant de vie, elle et Samuel partagent un morceau d'existence, bien que séparés par le silence et leurs propres routines.

Elle a remarqué les nuances de son comportement, les petites habitudes qu'elle a appris à lire comme on déchiffre un texte familier. Il y a chez Samuel un ordre et une précision qui l'interpellent, une manière de se noyer dans ses livres qui éveille sa curiosité. Dans son esprit, Emma envisage la possibilité d'une conversation, d'un échange de mots qui pourrait combler le vide entre leurs tables habituelles.

La fermeture du café est un tableau quotidien qui suscite en elle ces pensées fugaces. Emma, avec son intuition de mère et son esprit de militante, perçoit la profondeur de Samuel, intuitivement consciente de l'océan de pensées derrière son regard souvent lointain. Elle imagine ce que pourrait donner un dialogue entre sa passion pour l'écologie et la profondeur philosophique de Samuel.

La contemplation d'Emma est douce, un murmure presque mélodique qui se fond dans les derniers sons de la journée. C'est une rêverie empreinte de l'atmosphère du café, un lieu qui a vu naître tant d'histoires, tant de débuts et de fins. Elle se demande si, peut-être demain, elle franchira le pas, brisant le fil invisible qui les sépare. En fermant la porte derrière elle, Emma emporte la chaleur du café et la promesse non dite d'un demain. Elle et Samuel, bien que n'ayant pas échangé un seul mot, sont liés par le partage quotidien de cet espace, par la routine et par les possibles non explorés.

Le Café de l'Espoir, dans sa quiétude, est le gardien de ces possibilités, un témoin silencieux de la danse délicate de la vie sociale. Et tandis qu'Emma s'éloigne, son esprit est encore habité par l'image de Samuel, l'homme des livres, et par le sentiment croissant qu'il y a, entre eux, une histoire qui attend d'être écrite.

Le dessin de Léo

C'est une matinée comme tant d'autres au café, et pourtant, elle est destinée à être le théâtre d'un petit événement qui sèmera les graines du changement. Léo est absorbé dans un projet artistique passionné, ses petites mains s'affairant avec des crayons de couleur qui laissent sur la feuille blanche l'éclat de son monde intérieur. Il dessine la Terre, pas celle des atlas ou des globes terrestres, mais une Terre telle qu'il la ressent et l'imagine : une sphère peuplée de dragons amicaux, de forêts enchantées et d'océans où naviguent des créatures fabuleuses.

Emma, observant son fils avec une tendresse qui irradie, encourage le petit artiste, lui suggérant de peindre les forêts en vert émeraude et les océans en bleu profond. Elle le guide avec douceur, mais c'est l'instinct créatif de Léo qui donne vie à cette planète extraordinaire. À ses côtés, son capuccino refroidit, oublié devant la scène captivante de la création enfantine.

Les autres clients ne peuvent s'empêcher de jeter des coups d'œil attendris vers la table d'Emma et Léo, certains souriant ouvertement devant l'innocence et la concentration du petit garçon. Le café bourdonne de son activité habituelle, mais il y a, autour de la table de la mère et de son fils, une bulle de joie pure et de simplicité.

L'œuvre terminée, Léo la brandit avec fierté, proclamant sa réussite à qui veut l'entendre. «Maman, regarde ! La Terre !» s'exclame-t-il, les yeux pétillants. Emma applaudit, exaltant l'artiste en lui, et ensemble, ils admirent la carte postale d'un monde vu à travers les yeux d'un enfant, où tout est possible et où la beauté réside dans chaque trait de crayon.

Dans l'effervescence de leur départ, alors que Léo se prépare à affronter une nouvelle aventure à la garderie, le dessin est laissé sur la table, oublié dans la hâte d'une matinée qui s'achève. C'est un petit bout de papier, mais il est chargé de l'imaginaire débordant d'un enfant, et il attend, presque avec impatience, d'être découvert par des yeux nouveaux.

Le dessin de Léo, abandonné sur le bois usé de la table, devient un fragment d'histoire en attente d'une suite, un message en bouteille sur les eaux tranquilles du café. Et alors que la porte se ferme derrière Emma et son fils, le dessin reste là, témoignage silencieux de la matinée écoulée, prêt à entamer son propre voyage dans le cœur d'un autre habitué de ce lieu plein de vie.

Dans la sérénité qui suit le départ d'Emma et de Léo, le dessin reste seul sur la table, comme un naufragé sur une île déserte, entouré par les vestiges de la matinée : les tasses vides et les miettes de croissant. Le papier est vibrant, un kaléidoscope de couleurs qui semble presque hors de propos dans l'atmosphère apaisée du café qui se prépare pour l'interlude de l'après-midi.

Le personnel du café, dans leurs rondes habituelles, nettoie et range, remettant de l'ordre dans l'espace qui a vibré de tant de vie. C'est alors que la serveuse, en essuyant la table d'Emma, trouve le dessin. Elle le saisit délicatement entre ses doigts, le contemplant avec un sourire. C'est une œuvre d'art enfantine, pure et sans prétention, qui porte en elle la joie et l'innocence de son jeune créateur.

Plutôt que de le jeter, elle le place sur le comptoir, pensant qu'Emma ou Léo pourrait revenir le chercher. Le dessin est exposé, un petit étendard de créativité qui attire les regards des clients qui passent leur commande. Il est là, sous la lumière douce, un point d'intérêt, une conversation silencieuse qui s'installe entre les visiteurs et le monde imaginaire de Léo.

Parmi les clients de l'après midi, Samuel arrive, fidèle à son horaire. Il s'approche du comptoir, son regard habituellement tourné vers l'intérieur capté par les couleurs vives du dessin. Il le soulève, ses doigts parcourant le papier avec une délicatesse presque révérencielle. Il y a dans ses yeux une lueur d'émerveillement, un écho de quelque chose qui pourrait ressembler à de la nostalgie.

Samuel, d'ordinaire si enclavé dans sa routine de solitude et de réflexion, trouve dans ce dessin un moment de connexion inattendue. Le monde qu'a imaginé Léo lui parle ; il y voit la simplicité d'un idéal, la représentation d'une Terre dénuée des complications et des douleurs qu'il est habitué à décortiquer dans ses textes philosophiques.

Le dessin entre ses mains, Samuel est un peu plus longtemps que d'habitude au comptoir, absorbé par la tâche de déchiffrer les symboles enfantins. Dans les traits de crayon, il retrouve la candeur, une forme de sagesse brute qui le touche au-delà des mots. C'est un pont jeté par-dessus le fossé de son isolement, un message qui lui parle d'une voix qu'il n'entend pas souvent.

Et pendant un moment, le café redevient le théâtre d'une scène silencieuse, où le spectateur est désormais acteur, tenant entre ses mains le script d'une pièce écrite dans le langage universel de l'imaginaire d'un enfant.

L'après-midi touche à sa fin lorsque Emma, la tête pleine des tâches de la journée, pousse la porte du café, un souffle de vent automnal s'engouffrant brièvement derrière elle. Elle revient sur ses pas, une intuition maternelle lui soufflant que quelque chose a été oublié. Léo n'est pas avec elle cette fois ; il est resté à la garderie, où ses rêves continuent probablement de peupler de dragons et de forêts magiques les paysages de son sommeil.

Elle scrute les tables, cherchant du regard le dessin de son fils, cette œuvre impromptue qui est plus qu'un simple gribouillage, c'est une part de l'âme de Léo. C'est alors qu'elle aperçoit Samuel, une silhouette habituellement recluse dans son coin, tenant entre ses mains le papier égaré.

Hésitante mais poussée par la nécessité, Emma s'approche de lui. «Excusez-moi, je crois que c'est le dessin de mon fils,» dit-elle doucement, ne voulant pas le déranger mais impatiente de récupérer ce morceau de l'univers de Léo.

Samuel lève les yeux, et pour la première fois, il voit vraiment Emma. Pas seulement comme une figure maternelle du matin, mais comme une personne à part entière. «Oh, bien sûr,» répond-il, un peu surpris de cette interaction inattendue. «C'est un très beau dessin. Il a beaucoup d'imagination, votre fils.»

Leur conversation commence comme un petit ruisseau, timide, avec des mots choisis avec soin. Ils parlent du dessin, de Léo, et de la manière dont l'innocence de l'enfance peut colorer le monde. Samuel, généralement si réservé, trouve dans les mots d'Emma et dans le dessin de Léo un confort inconnu. Il y a quelque chose dans la simplicité de leur échange qui allège le poids de ses pensées habituellement si graves.

Emma ressent un frisson d'étonnement en entendant Samuel parler. Sa voix est douce, son débit mesuré, comme s'il choisissait chaque mot pour sa valeur et son poids. Elle est touchée par son attention au dessin, par la profondeur qu'il semble y lire. C'est une conversation sur rien de particulier et sur tout à la fois, un fil délicat tissé entre deux mondes qui se croisent rarement.

La serveuse, passant par là, sourit en voyant la scène. C'est une image qui détonne dans le paysage habituel du café : Samuel, le solitaire, en pleine conversation avec Emma, la mère active. Le dessin de Léo a créé une passerelle, une ouverture dans la journée ordinaire, et peut-être le début de quelque chose de nouveau.

Alors que la conversation s'achève et qu'Emma prend délicatement le dessin, remerciant Samuel pour son regard attentif, elle sent naître en elle une curiosité nouvelle pour cet homme énigmatique. Et dans le regard qu'ils échangent, il y a un éclat de compréhension, un sentiment d'être vu et reconnu qui reste avec eux bien après que le moment soit passé.

Emma marchait le long des rues pavées, le dessin de Léo en main, une feuille de papier qui contenait plus que de simples couleurs enfantines. C'était un réceptacle de ses espoirs et de ses luttes, un reflet de la vie qu'elle avait choisie avec une détermination farouche. Le crépuscule s'étalait comme un tableau, baignant les façades des maisons de nuances rosées et orangées, tandis que dans sa tête défilaient les images d'un passé révolu et pourtant si proche.

Il y avait d'abord eu la révélation de sa vocation, le jour où, assise dans un amphithéâtre d'université, les paroles d'un professeur passionné avaient allumé en elle la flamme de l'activisme. Les années qui suivirent furent marquées par le rythme des manifestations, le frisson des engagements, et l'urgence de faire entendre sa voix pour la défense de l'environnement. C'était une époque de promesses, où chaque victoire, aussi petite fût-elle, semblait être un pas de géant pour l'humanité.

L'arrivée de Léo avait bouleversé cet équilibre. La maternité s'était révélée être une aventure aux mille facettes, un défi quotidien où la fatigue n'était jamais loin, mais où chaque sourire de son fils apportait une récompense inestimable. Léo avait hérité de ses yeux, de son rire, et de son amour pour la nature. Avec lui, elle avait appris à voir le monde à travers un prisme d'émerveillement et de curiosité, à trouver la beauté dans l'ordinaire, et l'espoir dans le chaos.

Les défis de l'activisme s'étaient entremêlés avec ceux de l'éducation d'un enfant. Emma avait dû apprendre à trouver un équilibre fragile entre ses campagnes pour le développement durable et les histoires du coucher. Elle avait senti l'isolement, parfois, la lourdeur des responsabilités peser sur ses épaules, mais elle avait aussi trouvé la force dans le soutien inattendu d'une communauté partageant ses idéaux.

Ce soir, tandis que les dernières lueurs du jour s'estompaient dans le ciel, Emma se permettait une rare pause dans sa routine pour réfléchir à son parcours. Elle était une mosaïque de toutes ces expériences, une tisseuse de rêves et de réalités, une femme qui avait trouvé sa force dans son engagement pour la Terre et dans son amour inébranlable pour son fils. Le dessin de Léo n'était pas seulement le fruit de l'imagination d'un enfant ; c'était la carte d'un trésor, le trésor d'une vie riche et pleine, semée d'épreuves, mais aussi de joies immenses.

La porte de sa maison s'ouvrait devant elle, accueillant Emma dans son sanctuaire, où chaque objet, chaque meuble racontait une histoire, une partie de sa vie. Elle posait le dessin sur la table de l'entrée, un simple morceau de papier qui signifiait tant, un pont entre son passé, son présent, et tous les futurs possibles.

La soirée enveloppait le village d'une étreinte tranquille, et dans le cocon de sa maison silencieuse, Emma se laissait glisser dans les profondeurs de son canapé. Elle fermait les yeux un instant, le dessin de Léo posé sur la table basse devant elle, une toile de couleurs vives qui contrastait avec les teintes douces de la pièce. Dans cet espace de calme, son esprit vagabondait, libéré de la pression du jour, et elle retrouvait Samuel, cet homme énigmatique du café, dont la présence discrète était devenue une part de son paysage matinal.

Elle pensait à lui, à ses yeux souvent perdus dans le vague, à ses mains qui tenaient les livres avec une délicatesse presque religieuse. Il y avait en Samuel une énigme, un silence peuplé d'histoires non dites, de pensées inexprimées qui semblaient tourbillonner derrière son front soucieux. Emma imaginait les mondes qu'il parcourait dans les pages usées de ses livres, les conversations qu'il entretenait avec les grands esprits de la philosophie, les questions qui le hantaient et les réponses qu'il cherchait sans relâche.

Dans la solitude choisie de Samuel, Emma reconnaissait un écho de sa propre quête. Elle qui s'était tant battue pour sensibiliser au cri silencieux de la Terre, qui avait appris à trouver sa voix pour défendre les causes qui lui tenaient à cœur, voyait en Samuel un allié potentiel, quelqu'un dont la profondeur de la réflexion pouvait rejoindre la véhémence de son activisme.

La pièce s'emplissait des bruits doux de la maison : le tic-tac régulier de l'horloge, le frémissement des feuilles des plantes qu'elle chérissait, le soupir du vent contre les carreaux. C'étaient les sons du soir, les murmures du repos, le prélude à la nuit qui descendait. Emma laissait ces bruits la bercer, lui rappelant les soirées passées à étudier, à écrire, à rêver de changer le monde, un discours, une plantation d'arbre à la fois.

Le portrait de Samuel se précisait dans son esprit, un homme qui, comme elle, semblait porter en lui une mer de pensées, un océan d'émotions contenues. Elle se demandait ce qu'il verrait dans ses propres yeux si jamais il venait à plonger son regard dans le sien. Trouverait-il la même détermination ? La même passion pour un avenir meilleur ?

Elle pensait à son fils, à l'héritage qu'elle souhaitait lui laisser, une planète préservée, un monde où les rêves de dragons amicaux et de forêts enchantées pourraient se réaliser. Et elle pensait à Samuel, un homme qui pourrait comprendre, peut-être même partager ce rêve. Dans le dessin de Léo, il y avait eu un pont entre eux, un début de conversation qui aurait pu être banale mais qui avait pris, pour un bref moment, la forme d'un partage réel.

La nuit tombait complètement, drapant le village dans son voile étoilé. Emma restait là, immergée dans le silence de sa maison, pensant à demain, à ce qu'elle dirait à Samuel si l'occasion se présentait à nouveau. Le sommeil l'appelait, mais elle résistait encore, chérissant cette tranquillité, ce moment d'intimité avec ses pensées, avec l'image de ce que pourrait être le lendemain, dans ce petit café où les âmes solitaires se croisaient et où, peut-être, les destins s'entrelaçaient.

Dans la quiétude de son salon, Emma fermait les yeux, laissant la fatigue de la journée s'évaporer lentement. Elle se souvenait de ce matin, du regard perdu de Samuel sur le dessin de Léo, et d'une conversation éphémère qui avait, pour un instant, brouillé la frontière entre deux mondes qui ne se croisaient d'ordinaire que comme des navires dans la nuit.

Alors qu'elle s'enfonçait dans le canapé, les yeux mi-clos, elle percevait la lumière de la lune filtrant à travers les rideaux, baignant la pièce d'une douce clarté argentée. C'était dans ces moments de solitude choisie qu'Emma trouvait le temps de tisser les fils de ses réflexions les plus profondes, de contempler les possibilités infinies que la vie offrait. Elle pensait à Samuel, à la manière dont ses doigts avaient caressé les contours du dessin de Léo, comme s'il touchait non pas du papier, mais le tissu même de l'univers. Il y avait dans son geste une tendresse inattendue, un respect pour l'expression pure d'un enfant qui voyait le monde non pas comme il était, mais comme il pourrait être.

Les traits de Léo, libres et sans contraintes, avaient capturé l'essence même de l'innocence et de l'espoir. Emma se demandait ce que Samuel avait bien pu lire entre ces lignes floues et ces formes colorées. Avait-il vu, comme elle, la promesse d'un avenir meilleur ? Avait-il compris que chaque arbre, chaque fleur dessinée était un appel à préserver la beauté fragile de notre planète ? Les pensées d'Emma glissaient de Samuel à son propre fils, de la philosophie à l'écologie. Elle imaginait un monde où les philosophes comme Samuel et les militants comme elle pouvaient trouver un terrain d'entente, un langage commun. Peut-être, dans les pensées et les rêves de Samuel, y avait-il un espace pour les siens, pour ses idéaux, pour la vision d'un futur où leur collaboration improbable pourrait porter ses fruits.

Les heures passaient, et Emma restait éveillée, bercée par les battements réguliers de son cœur et le tic-tac apaisant de l'horloge. Le dessin de Léo, posé devant elle, devenait un phare dans la nuit, un rappel que même dans le plus petit des gestes, dans la plus brève des rencontres, résidait le potentiel de changement, le potentiel d'une nouvelle histoire à écrire.

Dans l'obscurité qui enveloppait doucement la pièce, Emma finissait par s'endormir, le cœur et l'esprit plein de cette journée passée et de celles à venir, pleine d'une question silencieuse : et si demain, au café, elle et Samuel pouvaient commencer à tisser ensemble le fil d'un nouveau récit ?

La nuit s'était approfondie, et la maison d'Emma s'était enveloppée d'un silence paisible, brisé seulement par le son sporadique des feuilles bousculées par le vent automnal à l'extérieur. Dans la semi-obscurité de son salon, Emma se laissait enfin glisser dans les bras de Morphée, une journée bien remplie doucement gravée dans les méandres de son esprit.

Pendant ce temps, dans un autre quartier du village, le monde de Samuel était tout aussi silencieux, mais son esprit, lui, ne connaissait pas le repos. Assis à son bureau, entouré de piles de livres et de notes manuscrites, il tenait encore entre ses doigts le stylo qui avait tracé, au fil des heures, des réflexions et des interrogations dans les marges de ses lectures.

Il repensait à l'échange qu'il avait eu avec Emma, à la sensation étrange et agréable d'avoir été tiré de ses pensées par la chaleur d'une conversation humaine. Le dessin de Léo, avec ses couleurs et son innocence, avait résonné en lui, éveillant une partie souvent silencieuse, une partie qui savait encore s'émerveiller.

Samuel laissait son regard errer par la fenêtre, où la lune dessinait des ombres dansantes sur le sol de son jardin. Il se sentait, d'une certaine manière, comme si ce jour avait marqué le début d'une petite révolution personnelle. Emma et son fils avaient apporté une touche de couleur inattendue dans le canevas gris de ses jours.

Il pensait à la Terre dessinée par Léo, à la façon dont chaque continent était parsemé de créatures fantastiques et de forêts luxuriantes. C'était un rappel puissant que sa recherche de la vérité, bien qu'importante, pouvait parfois l'éloigner de la simplicité essentielle de la vie.

Samuel se leva et s'approcha de l'étagère où il gardait quelques-uns de ses trésors les plus précieux : des photographies de ses voyages, des souvenirs de ses enfants lorsqu'ils étaient petits, des pierres et des coquillages collectés lors de promenades solitaires sur des plages oubliées. Chaque objet était une fenêtre sur un moment de sa vie, sur un instant où il avait été profondément connecté au monde autour de lui.

Le silence de la nuit l'invitait à la contemplation, à la reconnaissance de sa propre humanité dans ce réseau complexe d'expériences et de relations. Peut-être, pensa-t-il, demain au café, pourrait-il partager un fragment de ce monde avec Emma, peut-être pourrait-il trouver dans ses mots la résonance d'une compréhension partagée.

La lune continuait son ascension, veillant sur le village endormi, tandis que Samuel, finalement, décidait de se retirer pour la nuit. Il éteignait la lampe de bureau, laissant la pièce sombrer dans la pénombre, et se dirigeait vers son lit, l'esprit légèrement moins alourdi, le cœur peut-être un peu plus ouvert.

Tandis que la nuit enveloppe le village dans son voile étoilé, Emma et Samuel, séparés par l'ombre et la distance, sont pourtant unis dans une contemplation silencieuse. Les échos de leur rencontre imprévue plus tôt dans la journée résonnent en eux, suscitant une réflexion introspective sur la nature solitaire de leurs vies.

Dans la chaleur de son foyer, Emma, adossée contre les coussins éparpillés sur son canapé, ne peut s'empêcher de penser à Samuel. Un sourire flotte sur ses lèvres alors qu'elle repasse mentalement la scène de leur conversation. Le dessin de Léo, laissé sur la table du café, avait servi de pont entre eux, une ouverture inattendue dans le mur invisible qui les séparait habituellement. Elle songe à l'intérêt qu'il a montré pour l'œuvre enfantine, à la façon dont ses yeux se sont attardés sur les détails, cherchant peut-être à déchiffrer le langage secret des couleurs et des formes.

Emma ressent une chaleur inattendue en pensant à ce partage, un frisson d'excitation à l'idée de croiser à nouveau Samuel. Elle imagine leurs prochaines discussions, les idées échangées sur des sujets qui les passionnent, la philosophie rencontrant l'écologie dans un dialogue enrichissant. La perspective d'une nouvelle amitié, peut-être même d'une collaboration, éveille en elle des possibilités jusqu'alors inexplorées.

De son côté, Samuel se trouve dans la pénombre rassurante de son bureau, les rideaux tirés sur la nuit qui s'étend au-delà de ses fenêtres. La journée a été ponctuée par un échange rare et significatif, une interaction humaine qui a légèrement dévié le cours de ses pensées habituelles. Le souvenir d'Emma, de sa présence chaleureuse et de son sourire sincère, flotte dans son esprit comme un refrain doux et persistant.

Il repense à son propre parcours, aux matins passés dans l'isolement confortable de ses livres, à la solitude choisie qui a longtemps été son refuge. La rencontre avec Emma et le dessin de Léo l'ont amené à contempler la solitude non pas comme une forteresse, mais comme un jardin où d'autres, peut-être, pourraient entrer.

Alors que l'heure avance, Emma se décide à rejoindre son lit, laissant le dessin de Léo sur la table, promesse d'aventures futures. Samuel, quant à lui, ferme son livre et éteint la lumière, laissant les ténèbres l'envelopper. Le silence de leurs maisons respectives est le même, un silence plein de réflexions et d'anticipations, d'un lien naissant tissé subtilement dans l'échange d'un regard et d'une conversation autour d'un dessin d'enfant.

La nuit, avec sa sagesse infinie, est le témoin de leur éveil partagé, de la promesse d'une rencontre à venir, et de la naissance d'une compréhension mutuelle qui pourrait, peut-être, fleurir avec le jour nouveau.

Dans l'antre de son bureau, où les ombres jouaient avec les rayons lunaires, Samuel s'abandonnait à une méditation nocturne, tandis qu'à travers les rues silencieuses, dans sa maison paisiblement endormie, Emma se laissait glisser dans le monde des rêves. Ils étaient chacun plongés dans un univers de pensées et de sensations qui, bien que séparés par la distance, vibraient à l'unisson sur une fréquence d'introspection inattendue.

Samuel, l'homme de raison, se trouvait confronté à une nouvelle énigme, non pas celle des textes anciens ou des questions métaphysiques, mais celle de l'âme humaine et de sa propre capacité à connecter. Le dessin de Léo, avec ses couleurs débordantes et ses formes capricieuses, avait agi comme une clé, déverrouillant une porte longtemps fermée dans l'esprit du philosophe. Il se demandait, à la lumière de la théorie de l'intersubjectivité de Martin Buber, si ce n'était pas l'instant de rencontre, le 'Je-Tu', qui avait révélé à lui-même sa propre capacité à l'échange véritable, au-delà des mots et des concepts.

L'interaction avec Emma avait été un rappel poignant des idées du philosophe Levinas : la rencontre avec l'Autre est le commencement de la prise de conscience et la responsabilité pour autrui. Dans les traits innocents du dessin de Léo, Samuel avait entrevu le visage de l'Autre, appelant à une réponse, à un engagement au-delà de l'abstraction de ses recherches solitaires.

Tandis que Samuel se perdait dans les méandres de ces pensées, Emma, dans les brumes de l'endormissement, naviguait entre conscience et subconscience. Les discussions de la journée avaient stimulé en elle des réflexions sur les dynamiques sociales et la psychologie de l'engagement. Elle songeait à la théorie de l'engagement de Kiesler, qui explique comment les petites actions, telles qu'une conversation autour d'un dessin d'enfant, peuvent nous conduire à des changements plus importants dans nos attitudes et nos comportements.

Emma se rappelait les paroles de Samuel, ses réflexions sur le dessin de Léo, et elle trouvait dans leur échange une illustration vivante des idées de Vygotski sur la zone proximale de développement. Samuel, par son attention et sa présence, avait peut-être involontairement guidé Léo – et elle-même – vers de nouvelles sphères de compréhension, vers une croissance intellectuelle et émotionnelle.

La nuit avançait, et avec elle, la pensée d'Emma devenait plus diffuse, plus symbolique. Elle se voyait dans un jardin, où chaque plante représentait une idée, un projet, un rêve. Elle et Samuel étaient là, jardiniers de ce lieu, cultivant ensemble une écologie de la pensée, un écosystème d'idées où la philosophie de Samuel nourrissait la terre fertile de son militantisme écologique.

Samuel, quant à lui, restait éveillé, absorbé par la profondeur de ses pensées. La nuit était pour lui un tableau noir sur lequel les étoiles dessinaient les constellations de la connaissance. Il réfléchissait à la dialectique hégélienne, à la thèse et à l'antithèse de ses routines et de cette nouvelle expérience, à la synthèse émergente, à l'idée qu'une nouvelle dynamique était possible dans sa vie.

Au cœur de la nuit, alors que les dernières lueurs de conscience s'échappaient d'Emma et que Samuel se laissait finalement gagner par le sommeil, leurs esprits se reposaient sur le potentiel d'un lendemain, sur la promesse d'une exploration commune des vastes territoires de l'âme humaine et de la conscience collective.

La nuit avait enveloppé le village d'une paisible obscurité, et dans ce calme, le sommeil avait finalement accueilli Emma. Dans la douceur de ses draps, ses rêves flottaient librement, naviguant sur les eaux tranquilles de l'inconscient. Des images de Léo, de la Terre dessinée, et de Samuel se mêlaient en un tableau onirique où la réalité se fondait avec l'imagination, et où les barrières de l'esprit s'abaissaient pour laisser place à une liberté sans bornes.

Dans le monde éthéré de ses songes, Emma se voyait marcher dans un jardin luxuriant, où la végétation florissante était le symbole vivant de ses engagements écologiques. Chaque plante, chaque arbre semblait pousser en harmonie avec ses pensées, répondant à l'appel silencieux de son activisme. C'était un espace où la philosophie de l'existence se conjuguait avec l'urgence de l'action, où le dialogue intérieur se matérialisait en une symphonie de vie.

Loin de là, dans la solitude de sa chambre, Samuel sombrait également dans le sommeil, après avoir été le témoin réticent d'une bataille intérieure entre ses habitudes solitaires et la surprenante rencontre de la journée. Dans la tiédeur de son lit, son esprit continuait de travailler, traitant et retraitant les impressions nouvelles, les paroles échangées, et ce regard, celui d'Emma, qui semblait le voir vraiment, non pas seulement comme le penseur reclus, mais comme l'homme tout entier.

Dans ses rêves à lui, Samuel se tenait dans une bibliothèque immense, un labyrinthe de savoir où chaque livre était une porte ouverte sur une dimension de la connaissance. Et parmi ces volumes infinis, il y avait un espace ouvert, un jardin similaire à celui qu'Emma rêvait, où les idées pouvaient germer et grandir. Il y voyait Emma, non plus seulement comme une militante écologique, mais comme une compagne de pensée, quelqu'un qui pouvait l'aider à ancrer ses théories dans la terre fertile du monde réel.

Le sommeil d'Emma était doux, un repos bien mérité après une journée de labeur et de découvertes. Ses dernières pensées conscientes avaient été pour le lendemain, pour l'anticipation de ce que pourrait apporter une nouvelle interaction avec Samuel. Il y avait en elle un bourgeon d'excitation, la perspective d'une amitié naissante, d'une alliance peut-être, entre sa cause et l'esprit philosophique de Samuel.

Samuel, quant à lui, trouvait dans le sommeil une évasion de l'ordre rigide de sa vie quotidienne. Les barrières qu'il érigeait si soigneusement autour de lui semblaient s'estomper, laissant la possibilité que demain, il pourrait se permettre d'explorer de nouveaux terrains de l'existence humaine, influencé par la rencontre fortuite avec Emma et le dessin expressif d'un enfant.

La lune poursuivait sa course dans le ciel, et les étoiles scintillaient avec la promesse de l'infini. Le village, dans son silence, était un tableau d'harmonie et de paix, un tableau où, dans le monde des rêves, Emma et Samuel, si différents et pourtant si semblables, partageaient un jardin imaginaire, tissant peut-être les premiers fils d'un lien qui pourrait s'épanouir à la lumière du jour.

Les premiers mots

Au petit matin, alors que les premiers rayons de l'aube jouaient à percer le voile nocturne, Emma ouvrit les yeux sur un nouveau jour. Léo, son petit trésor, dormait encore, un ange dans les draps froissés, la respiration douce et régulière, signe de rêves paisibles. Elle se leva, s'habilla, et prépara leur petit déjeuner avec le même amour rituel : du pain grillé, une fine couche de confiture pour Léo, et un thé, comme elle l'aimait, fort et réconfortant.

Alors qu'elle savourait son thé, Emma pensait à la journée à venir. Le souvenir de sa conversation avec Samuel la veille lui apportait une chaleur inattendue. Elle se demandait si le hasard, ou peut-être le destin, leur permettrait de se croiser à nouveau dans ce petit café qui semblait être le carrefour de tant de vies différentes, et maintenant, étonnamment, le leur.

Emma préparait Léo pour la garderie, se délectant de ses babillages matinaux, de ses questions sur le monde, si simples et pourtant si profondes. Elle embrassa son front, le regarda courir vers ses camarades, et se dirigea ensuite vers le café, un lieu qui avait pris une nouvelle signification dans son cœur.

Elle poussa la porte, la clochette annonçant son arrivée, et son regard balaya instinctivement l'espace, cherchant cette figure familière. Samuel était déjà là, absorbé dans un livre, une tasse de café noir à ses côtés, émanant une vapeur dansante. Elle s'avança vers le comptoir, commanda un capuccino et, avec une hésitation qui n'était pas coutumière, prit place à une table non loin de celle de Samuel.

Les premiers mots échangés la veille avaient ouvert une brèche dans le mur de solitude que Samuel avait érigé autour de lui. Emma se sentait étrangement responsable de cette ouverture et en même temps curieuse de ce qui pourrait en émerger. Elle observait Samuel de loin, son profil sérieux penché sur son livre, le monde autour de lui semblant s'évanouir dans l'ombre de sa concentration.

Elle se demandait quelles pensées traversaient son esprit, quelles théories il déchiffrait dans les lignes serrées des pages. Elle imaginait ses neurones s'illuminer sous l'effet de la caféine et des concepts philosophiques, tout comme les siens s'animaient à l'idée des prochaines actions pour sa cause écologique. Dans ce café, leurs deux univers se rencontraient, deux galaxies distinctes dans un dialogue silencieux orchestré par le destin ou par le simple quotidien.

Le capuccino d'Emma arriva, et elle en prit une première gorgée délicate. La mousse laissait une marque éphémère sur ses lèvres, comme un baiser fugace de la vie elle-même. Elle ouvrit son ordinateur, mais son esprit était ailleurs, capturé par la présence tranquille de Samuel à quelques tables de là.

La matinée s'étirait paresseusement dans le café. Les clients entraient et sortaient, chacun plongé dans ses pensées, ses projets, ses rêves. Emma et Samuel étaient comme deux astres dans ce petit système solaire, attirés l'un vers l'autre par une force gravitationnelle subtile.

Emma, la guerrière de la nature, sentait en elle un élan nouveau, une envie de partager, d'explorer, de connaître cet homme qui semblait si différent et pourtant si proche de ses propres idéaux. Et dans le fond de l'atmosphère matinale du café, un lien invisible commençait à se tisser entre eux, fragile et indéfini, mais réel. C'était le début d'une journée ordinaire, mais dans l'ordinaire, se cachent parfois les promesses des plus extraordinaires histoires.

Alors que les premiers rayons du jour s'étiraient paresseusement à travers les vitres du café, créant un patchwork de lumière sur le plancher usé, le quotidien reprenait ses droits. Les habitués, chacun absorbé dans son monde, ne remarquaient pas l'atmosphère chargée d'une anticipation discrète qui s'était installée entre deux de leurs compagnons de matinée.

Samuel, immergé dans ses réflexions, tournait les pages avec une régularité presque mécanique, marquant parfois un temps d'arrêt pour souligner une phrase ou griffonner une note en marge. Son théâtre d'opération intellectuelle était soigneusement disposé : livres, carnet, stylo, et bien sûr, la tasse de café noir dont la chaleur et l'amertume semblaient être un écho à la nature de ses études philosophiques.

Ce matin-là, pourtant, son rituel avait été légèrement décalé. La veille, une rencontre inattendue avec Emma et la vision du dessin de Léo avaient introduit une variable imprévue dans l'équation de sa routine. Les pensées de Samuel s'aventuraient, à contre-courant de son habitude, dans l'espace de la mémoire récente. Le souvenir de la conversation avec Emma, bien que brève, avait laissé une empreinte indélébile, provoquant une résonance intérieure qui perturbait doucement les eaux calmes de son monde intérieur.

Le café commençait à s'animer, l'air rempli des parfums de pain grillé et de café fraîchement moulu, des sons de conversations et de rires qui éclataient comme des bulles dans l'atmosphère matinale. Samuel, cependant, restait une île d'immobilité, une enclave de silence au milieu du tourbillon de la vie qui l'entourait.

Emma, de son côté, observait discrètement depuis sa table. La rencontre d'hier avait semé en elle des graines de curiosité et d'espoir. Elle se demandait si les pensées de Samuel étaient, à cet instant, aussi traversées par les réminiscences de leur échange ou s'il était déjà retourné dans les contrées lointaines de sa philosophie.

Elle ressentait l'envie de franchir le petit espace qui les séparait, de nouer le fil d'une conversation, de tisser ensemble les débuts d'une toile de connaissances et de partages.

Et tandis que chacun restait ancré dans son île de solitude, la serveuse du café, une jeune femme à l'œil vif et au sourire facile, commença à circuler entre les tables, distribuant les commandes, ignorant les courants invisibles qui liaient deux de ses clients. Elle s'approchait de Samuel, posant devant lui un second café noir, et lui adressait un sourire qui se voulait une invitation à la journée qui commençait.

Le café, dans son rythme immuable, était le témoin silencieux de ces vies qui se frôlaient, de ces esprits qui, peut-être, à l'orée d'un nouvel échange, se préparaient à s'ouvrir l'un à l'autre. La matinée avançait, et avec elle, l'histoire non écrite d'Emma et Samuel continuait de se déployer, page après page, dans le livre invisible du temps.

La matinée s'écoulait doucement dans le café, avec le bruissement constant des pages et le cliquetis des tasses. Samuel, perdu dans l'abîme de ses pensées, était tiré de sa contemplation par la serveuse qui, avec un sourire bienveillant, remplaçait sa tasse vide par une autre, fumante et pleine de promesses. Il la remercia d'un signe de tête distrait, ses yeux s'accrochant malgré lui à la silhouette d'Emma.

Emma, pour sa part, avait trouvé refuge derrière l'écran de son ordinateur portable, les doigts courant sur le clavier dans un élan de productivité. Cependant, sa concentration était trahie par des regards furtifs en direction de Samuel, dont la présence avait étrangement commencé à occuper une place dans le paysage de sa routine matinale.

La serveuse, dans sa ronde, se dirigea vers Emma avec un sourire qui se voulait complice. Elle déposa devant elle le capuccino parfaitement mousseux, avec une pointe d'art dans la présentation que seul ce café savait offrir. «Un petit chef-d'œuvre pour la dame,» lança-t-elle gaiement. Emma répondit par un sourire, ses pensées vagabondant à l'idée que la création devant elle était un écho lointain du dessin laissé par Léo.

C'est alors qu'un incident mineur, mais significatif, rompit le fil de leurs méditations solitaires. Un jeune homme pressé, absorbé par les notifications de son téléphone, bouscula maladroitement la table d'Emma en passant. Son ordinateur chancela dangereusement, menaçant de choir. Emma le rattrapa de justesse, son cœur manquant un battement. Samuel, témoin de la scène, sursauta, prêt à se lever, son instinct le poussant à venir en aide.

«Je vous prie de m'excuser, madame ! Je ne regardais pas où j'allais,» s'excusa précipitamment le jeune homme, visiblement contrit.

«C'est bon, aucun mal fait,» répondit Emma avec une douceur qu'elle ne se sentait pas totalement. Elle replaça son ordinateur, son regard croisant celui de Samuel. Il y avait dans ses yeux une étincelle d'inquiétude, une question silencieuse : «Tout va bien ?»

Elle hocha la tête, rassurante, et leur échange silencieux fut un pont jeté par-dessus le tumulte du café. Emma sentit une vague de reconnaissance pour cet homme, un étranger jusqu'à hier, qui maintenant partageait avec elle un moment d'humanité. Samuel, quant à lui, ressentait une curieuse chaleur au fond de lui, un sentiment naissant de connexion avec cette femme dont la présence avait, sans crier gare, commencé à colorer les teintes de son monde habituellement si nuancé de gris.

Le flot de la vie reprenait son cours dans le café, les clients et les serveurs reprenant leurs ballets habituels, mais pour Emma et Samuel, le reste de la matinée fut différent. Ils avaient partagé quelque chose, un minuscule fragment de vie, un fil ténu qui avait noué un peu plus leurs destins dans la trame invisible du quotidien.

Le temps semblait suspendu dans l'atmosphère chargée du café, tandis qu'Emma et Samuel, encore sous l'effet de leur interaction silencieuse, continuaient leur matinée chacun de leur côté, mais avec une nouvelle conscience de la présence de l'autre.

Emma, reprenant son souffle après la petite secousse, se remettait à son travail, mais l'image de Samuel prêt à lui porter secours restait gravée dans son esprit. Il y avait dans ce geste un élan qui dépassait la simple courtoisie, quelque chose de profondément humain qui touchait Emma bien plus qu'elle ne l'aurait imaginé. Peut-être était-ce la manifestation de ce que Carl Rogers décrivait comme une «présence authentique», un moment où le masque social tombe pour laisser place à une connexion réelle entre deux êtres.

Samuel, de son côté, tentait de se replonger dans la lecture de son traité de philosophie, mais les lignes semblaient danser devant ses yeux. L'incident avait éveillé en lui une sensibilité qu'il maintenait habituellement en retrait, derrière les murs de sa concentration. Il était dérouté par l'intensité de sa propre réaction, par l'impulsion qui l'avait poussé à vouloir intervenir. En cela, il y avait des échos de la théorie de l'empathie d'Edith Stein, où l'on se voit soi-même dans l'autre, où l'on ressent instinctivement le besoin de répondre à son émotion.

Le café bourdonnait autour d'eux, monde en miniature où chaque personne jouait son rôle dans l'orchestre de la vie quotidienne. Mais pour Emma et Samuel, il y avait désormais une mélodie parallèle qui jouait doucement, presque imperceptible, mais indéniablement présente.

Emma jetait des regards furtifs vers Samuel, et chaque fois, elle le trouvait déjà absorbé dans ses pensées, ou peut-être dans les siennes, elle ne pouvait en être sûre. Il y avait une qualité magnétique dans cet échange discret, un fil d'argent qui reliait leurs tables, leurs mondes. Cela leur rappelait l'interdépendance soulignée par le philosophe existentialiste Martin Heidegger, où chaque individu est intrinsèquement lié à l'autre dans le tissu de l'Être.

Pour Samuel, c'était comme si un voile avait été légèrement levé, révélant la possibilité d'un paysage émotionnel plus riche qu'il ne l'avait exploré depuis des années. Et pour Emma, c'était la confirmation que derrière la façade du philosophe solitaire se cachait une profondeur et une sensibilité qui résonnaient avec ses propres valeurs.

Ils continuèrent leur matinée, buvant leur café, tapant sur leurs claviers, tournant les pages de leurs livres, mais désormais avec une nouvelle conscience aiguë de l'autre, de cette danse subtile entre deux esprits qui, peut-être, n'étaient pas aussi éloignés qu'ils l'avaient cru.

Dans le café qui s'était empli d'une chaleur humaine tangible, Emma et Samuel poursuivaient leurs activités séparément, mais avec la conscience grandissante d'une symétrie entre leurs solitudes. Chacun à sa table, ils étaient comme deux satellites en orbite autour du même monde, attirés l'un vers l'autre par une force gravitationnelle de plus en plus difficile à ignorer.

Emma, les yeux parfois perdus dans l'écran lumineux de son ordinateur, tapait à un rythme moins soutenu. Son esprit, habituellement si concentré sur son militantisme écologique, dérivait vers des considérations plus personnelles, plus philosophiques. Les interactions avec Samuel avaient semé des graines de curiosité sur les chemins de sa propre introspection. C'était comme si, à travers lui, elle redécouvrait la dimension éthique de l'écologie, un rappel que les actions pour l'environnement étaient intrinsèquement liées à la texture de l'expérience humaine, à la manière dont nous vivons, pensons et interagissons.

De l'autre côté de la salle, Samuel était en pleine réflexion. La rencontre avec Emma avait troublé les eaux calmes de son quotidien, introduisant une perturbation dans le modèle ordonné de sa vie. Pour la première fois depuis longtemps, il se laissait considérer l'idée du «Miteinandersein»[1], d'être-ensemble, telle que Heidegger l'avait envisagée, une coexistence partagée où chaque individu est essentiel à l'expérience de l'autre. Emma, avec son approche pragmatique et son esprit vif, l'invitait, sans même le savoir, à explorer la philosophie non plus seulement comme un spectateur, mais comme un participant actif au sein de la communauté humaine. Lentement, au fil des heures, le café se vidait de ses clients matinaux, laissant place à un calme relatif. Le son de la machine à expresso, le froissement des journaux, et le murmure des dernières conversations créaient une mélodie de fond pour les pensées d'Emma et Samuel. Ils étaient tous deux engagés dans un dialogue intérieur, un dialogue qui commençait à s'ouvrir vers l'extérieur, vers l'autre.

Dans l'air flottait l'essence de leur connexion naissante, une combinaison subtile de reconnaissance et de mystère. Emma, en plongeant dans ses réflexions sur l'environnement, se retrouvait à considérer les implications philosophiques de ses actions, inspirée par le monde intellectuel de son nouvel ami. Samuel, quant à lui, redécouvrait l'importance des liens humains,

---

1 Heidegger, M. (1962). Being and time. (J. Macquarrie & E. Robinson, Trans.). Harper & Row.
Le concept de «Mitsein» ou «être-avec» est central dans l'œuvre de Heidegger, «Être et Temps» («Sein und Zeit», 1927), où il explore la nature de l'être et en particulier l'être-au-monde (Dasein) comme étant fondamentalement en relation avec les autres. «Miteinandersein», peut être interprété comme une extension de ses idées sur le «Mitsein».

l'intérêt pour les histoires individuelles et pour les causes qui motivaient les âmes autour de lui.

Le café, scène quotidienne de leurs vies, était devenu sans qu'ils s'en rendent compte le lieu d'une transformation douce. Dans le va-et-vient des visiteurs, dans l'échange de regards et dans le partage silencieux de l'espace, Emma et Samuel tissaient une toile de connexions invisibles, prouvant sans mots que les frontières entre la pensée et l'action, entre l'individu et la communauté, étaient plus perméables qu'ils ne l'avaient jamais imaginé.

Tandis que la matinée avançait, Samuel, toujours plongé dans ses réflexions, marquait une pause dans sa lecture. Il observait les gens autour de lui, ceux qui, comme lui, avaient trouvé refuge dans la quiétude du café. Il y avait là une diversité de vies, chacune absorbée dans son propre monde, mais toutes partageant ce même espace, respirant ce même air empreint de café et de miettes de croissants. Samuel, dont l'esprit avait été ébranlé par la rencontre avec Emma, commençait à percevoir le café non pas seulement comme un lieu de solitude parmi les autres, mais comme un microcosme de la société, un lieu d'interaction et de partage inattendu.

La chaleur de son café noir entre ses mains, il laissait son regard errer sur les visages des autres clients, s'attardant sur les expressions, les gestes, les sourires échangés. Il y avait là une richesse humaine qu'il avait souvent négligée, trop absorbé par les mondes contenus dans ses livres. Il pensait à Husserl et à la phénoménologie, à l'idée que pour comprendre la réalité de l'expérience, il faut la vivre intentionnellement, pleinement, dans l'immédiateté de sa présence.

C'est alors qu'un enfant, un petit garçon curieux, se détacha du groupe jouant dans un coin du café et s'approcha de Samuel. Il le regardait avec une candeur désarmante, pointant du doigt le livre ouvert sur la table. «Qu'est-ce que c'est ?», demanda-t-il avec la simplicité propre à l'enfance. Samuel fut un moment décontenancé, puis, avec un sourire qui illumina son visage d'habitude si sérieux, il répondit doucement. «C'est un livre de réflexions, de questions sur qui nous sommes et sur le monde autour de nous.»

Le garçon semblait fasciné, et Samuel, encouragé par cet intérêt spontané, se prit au jeu de l'expliquer à l'enfant. C'était un échange insolite pour lui, l'habitué des dialogues intérieurs et des débats académiques, mais il trouvait là une fraîcheur, une authenticité qui le touchait au-delà des mots.

Emma, témoin de cette scène depuis sa table, ne pouvait s'empêcher de sourire. Samuel, le philosophe, l'érudit, semblait s'ouvrir à la simplicité d'une conversation avec un enfant. C'était une image puissante, une illustration parfaite de la théorie de l'esprit de Vygotski, où la zone proximale de développement est alimentée par l'interaction sociale, même avec les plus jeunes d'entre nous.

Dans ce moment partagé, un pont se construisait entre Samuel et l'enfant, mais aussi entre Samuel et Emma. Elle voyait en lui une profondeur nouvelle, une capacité à se connecter qui avait été invisible jusqu'alors. Pour

Samuel, c'était une révélation subtile, l'expérience de l'altérité d'autrui non pas comme une abstraction, mais comme une présence vivante, tangible et immédiatement pertinente.

Le café continuait son ballet habituel, mais dans ce petit coin, une leçon se donnait et s'apprenait, une leçon sur la nature de l'humain, sur l'importance des connexions que nous tissons, et sur le pouvoir de la curiosité et de l'émerveillement à tout âge. Samuel et Emma, chacun à sa manière, s'étaient ouverts à de nouvelles perspectives, et le café était devenu le théâtre d'une transformation silencieuse mais profonde.

Dans l'effervescence douce du matin, la scène inattendue entre Samuel et l'enfant s'était estompée, laissant place à une nouvelle dynamique dans le café. Samuel, maintenant seul à nouveau avec ses pensées, sentait l'écho de cette interaction enfantine résonner en lui. Il était étonné de constater à quel point un échange si simple avait pu alléger son cœur, habituellement si lourd de contemplations solitaires.

Il contemplait sa tasse de café, méditant sur l'idée que chaque personne qu'il rencontrait était un miroir, reflétant une partie de lui-même qu'il ne connaissait peut-être pas encore. Ce moment avec l'enfant avait été une fenêtre, un regard jeté sur l'innocence et la curiosité pures, qui lui rappelait les théories de Jean-Jacques Rousseau sur la bonté naturelle de l'homme. Samuel se demandait si, en dépit de la complexité de ses recherches et de la lourdeur de l'existence, il ne pouvait pas trouver de la simplicité dans la joie spontanée de la jeunesse.

À quelques tables de là, Emma observait le retour de Samuel à sa solitude. Elle comprenait intuitivement que quelque chose avait changé pour lui. Peut-être avait-il redécouvert une part de lui-même oubliée, une capacité à s'émerveiller et à se connecter qui s'étendait au-delà de son cercle habituel de réflexion. Elle se remémorait les mots de Carl Jung sur les synchronicités, ces coïncidences significatives qui tissent nos vies de fils invisibles, reliant des événements apparemment indépendants par un sens plus profond.

Inspirée par ce qu'elle venait de voir, Emma décida d'aborder Samuel. Elle se levait, son capuccino à la main, et s'approchait de lui avec une détermination tranquille. «Votre ami semblait très intéressé par votre livre», commença-t-elle, désignant du regard le petit garçon qui était retourné jouer avec ses camarades. «C'est rare de voir quelqu'un apprécier la philosophie dès le plus jeune âge.»

Samuel leva les yeux vers elle, un sourire légèrement amusé aux lèvres. «Il semble que nous ayons tous quelque chose à apprendre, peu importe l'âge,» répondit-il. «Et parfois, les leçons les plus précieuses viennent de là où on s'y attend le moins.»

Leur conversation, désormais engagée, flottait au-dessus du bourdonnement du café. Ils discutaient de l'innocence, de la curiosité, de la façon dont l'éducation et l'environnement façonnent nos perspectives. Emma partageait ses expériences en tant que mère et militante écologique, tandis que Samuel offrait des aperçus de sa philosophie, des fragments de sa quête de compréhension.

Autour d'eux, le café vivait sa propre vie, mais pour Emma et Samuel, ce moment partagé devenait un îlot de connexion réelle. Leurs échanges étaient ponctués de références intellectuelles et d'anecdotes personnelles, tissant un dialogue riche et nuancé. Ils exploraient ensemble les idées de Kant sur l'expérience esthétique en tant que pont entre le sensible et l'intelligible, et les notions de Dewey sur l'éducation comme une interaction dynamique entre l'individu et son environnement.

Le temps passait, la matinée s'effilochait lentement, mais la conversation entre Emma et Samuel prenait de l'ampleur, coulant comme un ruisseau nourri par de multiples affluents. Dans ce café, un lien se renforçait, une amitié naissante se tissait dans l'échange d'idées et dans le partage d'un monde commun, révélant la profondeur de deux esprits en harmonie avec l'humanité qui les entourait.

Le soleil montait dans le ciel, traçant des arabesques lumineuses sur les murs du café qui s'animait de l'énergie de la mi-journée. Emma et Samuel, maintenant engagés dans une conversation fluide et stimulante, étaient inconscients du temps qui passait, des heures qui se succédaient avec la régularité d'une métronomie parfaite.

Leurs échanges avaient débuté par des banalités, mais avaient rapidement plongé dans des eaux plus profondes, naviguant à travers des thèmes qui faisaient le pont entre leurs mondes respectifs. Ils discutaient des implications de l'écologie sur la philosophie de l'existence, de la manière dont la prise de conscience environnementale pouvait être considérée comme un acte philosophique, une expression du «care» dans la tradition de Heidegger, soulignant le soin comme étant essentiel à l'être.

Emma, avec une passion évidente, partageait ses expériences de terrain, ses efforts pour inculquer une conscience écologique dans sa communauté. Elle parlait de la nécessité d'une éthique environnementale non seulement comme un domaine d'étude, mais comme un mode de vie, une praxis quotidienne qui engage l'individu dans une relation respectueuse avec la Terre.

Samuel écoutait, véritablement captivé. Il apportait à la conversation ses réflexions sur la responsabilité individuelle dans le cadre de la théorie sociale, s'appuyant sur les idées de Jürgen Habermas concernant la rationalité communicative et l'agir communicationnel. Il explorait l'idée que chaque action, chaque décision prise par l'individu, avait des résonances au sein de la société, un écho dans le tissu interconnecté du monde.

Leurs voix s'entremêlaient, un duo de convictions et de curiosité, dans un lieu où chaque table, chaque chaise, portait les empreintes des innombrables histoires personnelles qui s'y étaient déroulées. Ils étaient devenus, sans s'en rendre compte, les protagonistes d'un nouveau récit qui s'écrivait dans l'air chargé de senteurs de café et de pâtisseries.

Un sentiment de compréhension mutuelle s'installait entre eux, renforcé par l'authenticité de leur dialogue. Ils n'étaient plus simplement deux individus partageant un espace public, mais deux esprits explorant ensemble la texture complexe de l'existence humaine. Dans leurs échanges, ils retrouvaient des échos de la dialectique de Hegel, où la thèse et l'antithèse se rencontrent pour donner naissance à une synthèse plus élevée, une union des idées qui transcende les différences.

La matinée se transformait en après-midi, et le café se vidait peu à peu de sa foule matinale, laissant Emma et Samuel dans une bulle de tranquillité relative. Ils se rendaient à peine compte de la transition, immergés qu'ils étaient dans leur conversation qui, sans effort, avait trouvé son propre rythme, son propre langage, une harmonie inattendue qui résonnait avec le battement de cœur du monde autour d'eux.

L'après-midi avançait tranquillement, et le café, ce microcosme vibrant de la vie villageoise, commençait à s'apaiser après le tumulte de la matinée. Dans cet espace maintenant plus calme, les mots d'Emma et Samuel se faisaient plus audibles, leur conversation un fil mélodieux tissant à travers le silence grandissant.

Emma, les yeux animés par une flamme intérieure, parlait de ses projets récents, des initiatives communautaires qu'elle avait mises en place pour encourager le recyclage et la conservation de la nature dans leur village. Samuel écoutait attentivement, hochant la tête en signe d'approbation, ses yeux souvent distants maintenant fixés sur elle avec une intensité nouvelle. Il était impressionné par la façon dont Emma incarnait ses convictions, par l'énergie tangible qu'elle dégageait quand elle parlait de ses passions.

Tandis que Samuel partageait ses réflexions, il puisait dans le vaste réservoir de ses connaissances philosophiques pour mettre en lumière les notions de l'existentialisme, de l'engagement sartrien, qui prône la liberté individuelle et la responsabilité personnelle dans la création de sens dans nos vies. Emma buvait ses paroles, trouvant dans la philosophie de Samuel des échos à ses propres luttes pour la justice environnementale.

Leurs discussions oscillaient entre les implications pratiques des idéologies et les théories plus abstraites qui sous-tendent nos conceptions du monde. Emma invoquait le pragmatisme de William James, suggérant que la vérité d'une idée réside dans son applicabilité, dans son impact sur le monde réel. Samuel répondait en citant Kant, insistant sur l'importance de l'impératif catégorique et de l'éthique dans toute action, même celles dirigées vers des objectifs environnementaux.

Le café, qui avait été témoin de tant d'histoires, semblait se nourrir de la leur, offrant un sanctuaire à cette rencontre d'esprits. Leur dialogue était devenu un véritable échange d'idées, une danse intellectuelle où les concepts de durabilité rencontraient les questions de l'existence et de la morale.

Lentement, la salle se vidait de ses autres occupants, laissant Emma et Samuel presque seuls, isolés dans leur bulle de conversation. Le personnel du café commençait à préparer la transition vers le service du soir, mais le monde autour d'eux semblait lointain, presque irréel. Ils étaient profondément engagés dans un partage mutuel de connaissances et d'expériences, une communion qui dépassait la simple interaction sociale.

Emma se sentait vivifiée par cette conversation, par la reconnaissance d'un esprit aussi inquisiteur que le sien dans le domaine de la pensée. Samuel, pour sa part, découvrait une forme de joie qu'il n'avait pas ressentie depuis longtemps, un sentiment d'appartenance à quelque chose de plus grand que son propre univers intérieur.

Le soleil commençait à décliner, teintant le ciel d'orange et de pourpre, et dans le café, l'éclairage s'adoucissait, enveloppant les deux compères dans une lumière chaleureuse. Leurs silhouettes se dessinaient contre la fenêtre, deux profils absorbés dans un dialogue qui, sans qu'ils ne le sachent, avait commencé à tisser les fils d'une relation durable.

Dans ce moment suspendu, Emma et Samuel étaient devenus plus que de simples connaissances ; ils étaient des âmes qui, ayant trouvé une résonance mutuelle, exploraient ensemble les possibilités infinies de l'esprit humain. Le café, avec ses parfums de caféine et de gâteaux fraîchement cuits, était le témoin silencieux de leur convergence, un lieu où, jour après jour, le tissu de la communauté était tissé par de telles rencontres inattendues.

Alors que les derniers rayons du soleil de l'après-midi se faufilaient entre les rideaux, laissant une lueur dorée danser sur les murs du café, Emma et Samuel approchaient naturellement de la conclusion de leur rencontre impromptue. Leur dialogue avait coulé comme un fleuve tranquille, traversant des paysages d'idées et de concepts, s'enrichissant de chaque pensée partagée et de chaque perspective échangée.

Dans le calme retrouvé du lieu, les dernières paroles échangées entre eux résonnaient avec une certaine solennité, comme si le café même retenait son souffle, respectueux de la profondeur de leur échange. Ils avaient exploré les territoires de l'éthique environnementale, de la philosophie de l'action et de l'interdépendance de l'individu et de la société. Ils avaient discuté des défis de la modernité, de la tension entre technologie et tradition, et de la place de l'homme dans un écosystème global.

La journée avait filé à une vitesse étonnante, et maintenant, alors que l'heure du départ se faisait pressante, ils prenaient conscience de l'éphémérité de leur rencontre et de la richesse qu'elle avait apportée. Emma sentait une gratitude silencieuse envers cet homme, Samuel, qui avait, sans le vouloir, élargi les horizons de sa réflexion. Pour Samuel, cette interaction avait été une bouffée d'air frais, une rupture bienvenue dans le cours souvent trop prévisible de ses jours.

Le café commençait son lent rituel de fermeture, les serveurs rangent les chaises, nettoient les tables et préparaient l'espace pour les visiteurs du soir. La serveuse qui avait été témoin de leur conversation venait leur rappeler gentiment que le café allait bientôt fermer. C'était un rappel doux mais ferme que le monde extérieur les attendait, que la vie continuait au-delà des murs du café.

Samuel refermait son livre avec une certaine réticence, marquant la page où il s'était arrêté. Emma éteignait son ordinateur, les derniers mots tapés encore chauds sur l'écran. Ils se levaient, échangeant un regard qui disait plus que des mots. «C'était une conversation très enrichissante,» dit Emma, «J'espère que nous aurons l'occasion de la poursuivre.» Samuel acquiesçait, son hochement de tête était à la fois un adieu et une promesse. «Je serai là,» répondait-il, «avec de nouvelles idées à discuter.»

Ils quittaient le café ensemble, sortant dans l'air frais du soir qui commençait à tomber. Le village était paisible, baigné dans la teinte rose et orange du crépuscule. Ils se séparaient à l'angle de la rue, chacun rentrant chez soi, emportant avec eux le souvenir d'une après-midi partagée, d'une connexion inattendue et précieuse.

Le café derrière eux fermait ses portes, mais les échos de leurs voix restaient, suspendus dans l'air comme une mélodie qui refuse de s'achever. Dans le cœur d'Emma et Samuel, une porte s'était ouverte, laissant entrevoir la possibilité d'un demain partagé, d'un chemin à parcourir ensemble, explorant la vaste et magnifique carte de l'expérience humaine.

Des vies
entrelacées

Au lever de l'aube, Emma s'éveilla, la tête pleine des résonances de la veille. Elle ne put s'empêcher de sourire en se rappelant l'image de Samuel, presque prêt à bondir telle une panthère philosophique pour sauver son ordinateur portable du désastre. «C'est un héros moderne,» pensa-t-elle avec amusement, «armé de dialectiques et de syllogismes au lieu d'une épée.»

La routine matinale commença avec les rituels habituels: une série de yoga pour saluer le soleil, qui semblait particulièrement timide ce matin, caché derrière un amas de nuages paresseux, et une méditation où elle envisageait sa journée avec une intention positive, une pratique qu'elle avait adoptée après avoir lu un article vantant les mérites de la pleine conscience pour la productivité. «Allons-y, cerveau, montre-moi ce dont tu es capable aujourd'hui,» encouragea-t-elle son reflet dans le miroir, ajustant son chignon avec une détermination comique.

Léo, fidèle à son habitude, se réveilla en mode turbo, prêt à conquérir le monde ou du moins la cuisine. «Maman, est-ce que les dinosaures aimaient le chocolat chaud?» demanda-t-il, les yeux brillants d'une curiosité sans limite. Emma rit doucement, lui ébouriffant les cheveux. «Je pense qu'ils préféraient le café noir, comme Samuel,» répondit-elle, et cette pensée lui apporta une vague de chaleur.

Le petit déjeuner fut une symphonie chaotique d'éclaboussures de lait, de céréales qui faisaient le grand saut hors du bol, et de toasts brûlés que même un dinosaure aurait réfléchi à deux fois avant de manger. «Désolée, les toasts ont un peu trop bronzé,» s'excusa Emma auprès de Léo, qui inspectait son assiette avec un scepticisme digne d'un critique gastronomique en culottes courtes.

Une fois Léo déposé à la garderie, laissant derrière lui un sillage de rires et de babillages, Emma prit la direction du café. En chemin, elle répétait mentalement ce qu'elle pourrait dire à Samuel. «Bonjour, Samuel. Comment allez-vous en ce beau jour? Avez-vous déjà sauvé des ordinateurs portables en détresse ou est-ce une activité exclusivement réservée aux mardis?»

En poussant la porte du café, la clochette annonçant son arrivée avec une note cristalline, elle aperçut Samuel à sa place habituelle, une forteresse de livres érigée autour de lui. Il était tel un chevalier gardant son donjon, prêt à défendre ses trésors philosophiques contre les hordes barbares de l'ignorance.

«Bonjour, Emma,» salua-t-il, levant les yeux de son livre avec un sourire qui semblait dire qu'il avait déjà anticipé son arrivée. «J'espère que votre matinée a été moins… aventurière qu'hier.»

«Oh, juste le quotidien d'une mère et activiste. Sauver le monde avant le petit déjeuner, et tout ça,» répondit-elle avec une légèreté feinte. «Et vous, des dragons rhétoriques à terrasser aujourd'hui?»

Samuel rit, un son qui semblait trop peu habitué à franchir les murs de sa bibliothèque personnelle. «Quelques-uns,» concéda-t-il. «Mais rien que je ne puisse gérer avec une bonne tasse de café et un peu de logique aristotélicienne.»

Leur journée commençait sur une note légère, un échange enjoué qui posait les bases d'un chapitre nouveau et prometteur. Dans le café, la journée promettait d'être tout sauf ordinaire.

Dans le café qui s'éveillait doucement, les premiers clients du matin entraient, chacun immergé dans sa propre bulle de réveil. L'arôme riche du café fraîchement moulu remplissait l'air, mêlé aux effluves sucrés des viennoiseries encore tièdes. Emma et Samuel étaient là, chacun installé à sa table de prédilection, comme deux acteurs sur une scène, prêts à jouer leur rôle dans la comédie quotidienne du Café de l'Espoir.

La conversation entre Emma et Samuel avait commencé sur une note humoristique, mais bientôt, ils plongèrent dans une discussion plus sérieuse, mais toujours teintée de cette légèreté qui avait marqué leur interaction la veille. Ils parlaient de la philosophie dans la vie de tous les jours, de la façon dont les idées de grands penseurs pouvaient être appliquées aux défis contemporains, notamment à la crise écologique.

Samuel, tenant son café dans une main, utilisait l'autre pour gesticuler avec emphase alors qu'il citait Alain de Botton sur la philosophie comme guide de vie. «C'est une sorte de GPS pour l'âme, n'est-ce pas ?» suggéra-t-il avec un sourire. Emma, qui avait pris une gorgée de son cappuccino, faillit s'étouffer de rire. «Exactement, et parfois, tout comme mon GPS, je pense que ma boussole morale a besoin d'une mise à jour pour ne pas me perdre,» répliqua-t-elle.

Le serveur, un jeune homme à l'allure décontractée et au tablier toujours maculé de taches de café, s'approcha de leur table pour remplir à nouveau leurs tasses. «Vous deux, vous êtes en train de résoudre les problèmes du monde ou c'est juste une réunion du club de philosophie ?» demanda-t-il avec un clin d'œil complice.

«Oh, un peu des deux,» répondit Emma, «et peut-être que nous lançons une nouvelle mode – la philo-écolo, ça vous parle ?»

«Ça sonne comme le genre de chose qui pourrait rendre les réunions de conseil municipal beaucoup plus intéressantes,» admit-il avant de s'éloigner, laissant Emma et Samuel souriants.

Alors que leur matinée se poursuivait, leurs rires et leur esprit vif attiraient parfois les regards des autres clients.

Ils avaient créé une petite oasis de gaieté dans le coin de la salle, un espace où le sérieux de la philosophie se mariait harmonieusement avec l'urgence écologique et l'humour était le lien qui unissait le tout.

Samuel, d'habitude si réservé, se trouvait étonnamment à l'aise dans ce rôle de philosophe accessible, tandis qu'Emma, toujours prête à rallier les troupes pour sa cause, découvrait le plaisir d'adoucir son message avec une touche d'humour. Leur duo improvisé avait transformé leur table en un forum de discussion, où la sagesse ancestrale rencontrait les enjeux modernes et où chaque idée était accueillie avec un rire ou un sourire.

Le café, dans son rythme matinal, était un théâtre d'humanité, et Emma et Samuel en étaient devenus, sans le vouloir, deux protagonistes centraux. Leur présence avait ajouté une dimension nouvelle à l'atmosphère, prouvant que la philosophie et l'écologie pouvaient non seulement coexister mais s'épanouir ensemble, infusant dans le quotidien une dose de réflexion et de légèreté.

À mesure que le café s'emplissait des voix chaleureuses et des rires matinaux, Emma et Samuel, baignés dans la lumière douce qui filtrait à travers les fenêtres, continuaient de tisser le fil doré de leur conversation. Chaque nouvel échange était comme une perle ajoutée à un collier de découvertes mutuelles, un bijou de complicité intellectuelle et d'humour.

Leur dialogue, autrefois un simple badminton de courtoisie et de banalités, avait évolué en une sorte de tennis philosophique où chaque réplique servait à la fois de réponse et de relance vers des sujets plus profonds. Ils abordaient maintenant la question de l'éducation, un domaine où les idées d'Emma sur l'écologie pouvaient s'entrelacer avec la réflexion de Samuel sur la philosophie comme fondement de la pensée critique.

«Imaginez un monde où la philosophie serait enseignée dès le jardin d'enfants,» s'exclama Samuel, une lueur amusée dans les yeux. «Des bambins débattant de l'existentialisme au lieu de se chamailler pour les jouets.»

Emma éclata de rire, imaginant la scène. «Et pourquoi pas ? Des petits Socrates en couche-culotte questionnant chaque 'non' comme une opportunité d'interroger l'autorité. 'Pourquoi ne puis-je pas manger de la terre ? Qu'est-ce que 'sale', vraiment ?'»

Le serveur, passant à côté d'eux pour déposer une assiette de croissants à une table voisine, ne put s'empêcher de sourire à leur conversation. «Vous devriez peut-être le suggérer au ministère de l'Éducation,» dit-il avec un clin d'œil.

«Nous pourrions juste faire une révolution éducative,» répondit Emma, jouant le jeu. «Avec un module sur la manière de sauver la planète avant la sieste.»

La conversation se poursuivait, et tandis qu'ils parlaient, ils ne remarquaient pas les regards curieux et souriants de certains habitués, intrigués par cette association improbable : l'écolo enthousiaste et le philosophe pensive. Leur duo offrait un spectacle vivant, une illustration que les cafés ne sont pas seulement des lieux de consommation, mais aussi des foyers de culture et d'échange, des lieux où les idées et les idéaux peuvent se rencontrer et s'épanouir.

L'heure avançait, et avec elle, le soleil atteignait son zénith, inondant la pièce d'une lumière qui semblait mettre en valeur la scène. Samuel et Emma étaient à présent entièrement absorbés par leur discussion, oubliant le monde autour d'eux, leurs boissons refroidies témoignant du temps passé. Ils étaient deux esprits en quête de vérité, explorant le labyrinthe du savoir avec un esprit ludique et une curiosité inépuisable.

Dans ce café devenu leur agora, Emma et Samuel avaient trouvé un terrain commun, un espace où le dialogue était roi et où l'humour servait de monnaie d'échange. Leur interaction était une danse délicate entre l'enseignement et l'apprentissage, une démonstration que la plus grande sagesse réside souvent dans la capacité de rire de soi-même et d'apprécier la compagnie d'un autre chercheur de vérité.

Dans le ballet incessant des serveurs et le brouhaha grandissant des conversations, Samuel s'imposait comme une figure à la fois comique et emblématique. Ses sourcils se fronçaient au-dessus de son livre, non pas à cause de la complexité des théories qu'il dévorait, mais face à l'irruption de la vie moderne dans son sanctuaire de tranquillité. Il était un peu comme ces philosophes de l'Antiquité qui râlaient contre l'agitation de l'agora, tout en ne pouvant s'empêcher de s'y mêler.

«Vous savez, Emma,» commença-t-il avec une pointe d'exaspération feinte, «il fut un temps où l'on pouvait s'adonner à la contemplation sans être interrompu par le vacarme incessant des machines à café et des sonneries de téléphones.» Son regard balayait la salle, s'arrêtant sur un jeune homme absorbé par son smartphone, les doigts glissant sur l'écran avec une agilité qui défiait toute logique aristotélicienne.

Emma, amusée par son air bougon, ne put s'empêcher de répondre. «Oh, je suis sûre que même Socrate aurait trouvé un mot spirituel pour apprécier l'ironie de se plaindre de la distraction dans un lieu public.» Elle lui offrit un sourire malicieux avant de prendre une gorgée de son cappuccino, savourant autant la boisson que la conversation.

Samuel, qui ne pouvait s'empêcher d'être charmé par l'esprit vif d'Emma, rétorqua avec une fausse gravité. «Peut-être, mais je doute que Platon ait jamais eu à subir le supplice d'une playlist de pop moderne en rédigeant 'La République'.» Il mimait un frisson dramatique, comme si la simple pensée était une offense à son âme de philosophe.

Leur échange attirait quelques sourires complices des autres clients, habitués à présent au duo qui apportait une touche de théâtralité à l'ambiance généralement paisible du café. Samuel, avec ses tirades sur la décadence de la société moderne, et Emma, avec ses répliques pétillantes, étaient devenus un élément aussi attendu que le café du matin.

«C'est la tragédie de notre époque, l'incapacité à apprécier le silence,» poursuivait Samuel, son regard se perdant un moment dans le vide, un air soudainement nostalgique assombrissant ses traits. «Le silence est le terreau de la pensée, le sanctuaire où germent les idées les plus profondes.»

Emma, saisissant l'occasion, se pencha en avant, un sourcil arqué. «Et pourtant, vous semblez trouver une abondance d'idées au milieu de ce chaos sonore. Peut-être que l'agitation est votre muse insoupçonnée ?»

Le coin de la bouche de Samuel s'éleva en un sourire réticent, signe d'une bataille intérieure entre son désir de rester fidèle à son personnage de râleur et l'amusement qu'il trouvait dans leur badinage. «Ma muse, dis-tu ? Si c'est le cas, c'est une muse bien bruyante,» répondit-il enfin, son ton indiquant qu'il était bien plus charmé par la situation qu'il ne voulait l'admettre.

Le rire d'Emma résonna, clair et joyeux, se mêlant harmonieusement à la symphonie du café. Samuel, cet érudit ronchon aux allures de misanthrope, cachait en réalité une sensibilité et une humanité qui ne demandaient qu'à être révélées par les interactions les plus inattendues. Et dans la lumière dorée de cette après-midi ordinaire, leur conversation devenait un souvenir précieux, un moment de connexion authentique où le cœur râleur mais tendre de Samuel brillait avec une clarté surprenante.

L'après-midi s'écoulait dans le café, et avec lui, les éclats de rire et les pointes d'humour laissaient place à un silence respectueux autour de la table d'Emma. Le soleil, dans sa descente vers l'horizon, teintait le monde d'une douce lumière orangée, donnant à la scène une qualité presque irréelle, un tableau vivant où le sérieux reprenait ses droits.

Emma se tournait vers Samuel, son expression devenant plus douce, plus réfléchie. C'était le moment où elle partageait son engagement, non avec la fougue d'une militante qui crie ses convictions sur les places publiques, mais avec la poésie d'une âme qui a trouvé sa voie dans le murmure du vent et le frémissement des feuilles.

«Vous savez, Samuel,» commençait-elle, sa voix portant la mélodie de sa passion, «quand je parle de la Terre, je ne parle pas seulement de l'environnement ou de la nature comme des concepts lointains. Je parle du sol sous nos pieds, du ciel au-dessus de nos têtes, de l'air que tous les êtres vivants partagent.» Elle marquait une pause, cherchant ses mots avec soin, voulant que chaque syllabe reflète la profondeur de son engagement.

«Chaque projet que je lance, chaque initiative que je soutiens, c'est ma façon de composer une ode à la beauté de ce monde, un chant d'amour pour la maison que nous partageons tous.» Elle ouvrait les mains, comme pour embrasser l'ensemble du café, invitant Samuel dans son espace sacré de dévotion.

Samuel, habituellement si prompt à débattre et à analyser, se retrouvait réduit au silence par la sincérité et la beauté de ses paroles. Il y avait dans l'attitude d'Emma une grâce, un engagement qui dépassait la simple action militante ; c'était presque un acte de foi, une croyance profonde en la capacité de l'humanité à se réconcilier avec la nature.

«Je crois que chaque petit geste compte,» poursuivait

Emma, «chaque graine plantée, chaque morceau de plastique ramassé des plages, chaque kilowatt d'énergie économisé. C'est une symphonie où chaque note est essentielle, où le silence entre les notes est aussi important que la musique elle-même.»

Le café, témoin de cette révélation, semblait envelopper Emma dans une aura de respect. Les autres clients continuaient leurs propres conversations, mais le timbre de la voix d'Emma portait, instillant dans l'air une qualité de révérence, un rappel que derrière les discussions quotidiennes, il y avait des enjeux bien plus grands.

Pour Samuel, ce n'était plus seulement une conversation ; c'était une révélation de l'âme d'Emma, une vision de sa véritable essence. Il comprenait que son engagement n'était pas une série de batailles isolées, mais un engagement holistique, une quête de l'harmonie entre l'homme et la nature, une poétique de l'existence qui cherchait à réparer le tissu déchiré du monde.

Le soleil disparaissait lentement, laissant la pièce dans une semi-obscurité, et dans cette transition du jour à la nuit, Emma et Samuel partageaient un moment d'intimité rare, une communion dans laquelle les mots d'Emma tissaient une trame d'espoir et de détermination, un engagement profond qui, dans sa sincérité, était une véritable œuvre d'art.

Le crépuscule enveloppait désormais le café d'une lumière douce, propice à la réflexion. Dans cet interstice entre le jour et la nuit, la conversation entre Emma et Samuel se teintait d'une gravité philosophique, prenant la forme d'un jeu d'esprit où la sagesse antique rencontrait les préoccupations contemporaines.

Emma, les yeux pétillants d'intelligence, lançait à Samuel un défi : «Si vous deviez choisir un seul penseur pour éclairer notre époque, qui serait-il ?» C'était une question posée avec un sourire, mais dont l'enjeu résonnait profondément dans la salle qui s'assombrissait.

Samuel caressait sa barbe d'une main pensivement, une habitude qui trahissait son immersion dans les profondeurs de la pensée. «Héraclite,» répondit-il finalement, «pour son concept de panta rhei, tout coule. Il me semble que notre monde actuel est en perpétuel mouvement, un flux constant qui reflète bien cette ancienne sagesse.»

Emma hocha la tête, appréciant la pertinence de son choix. «Le changement comme seule constante, c'est on ne peut plus actuel. Mais comment canaliser ce flux pour qu'il nourrisse plutôt qu'il ne détruise ?» sa question flottait dans l'air, invitant à une contemplation commune.

Samuel, piqué au vif par cette interrogation, se lançait dans une explication. «Peut-être devrions-nous nous inspirer de Stoïciens, chercher à comprendre ce que nous pouvons contrôler et ce qui échappe à notre prise. L'écologie, par exemple, peut être vue comme l'art de naviguer dans ce flux, de travailler avec lui plutôt que de s'y opposer.»

Emma souriait à cette idée, trouvant dans les paroles de Samuel une résonance avec sa propre vision de l'harmonie avec la nature. «Et si nous allions plus loin,» ajoutait-elle, «en incorporant l'idée de Sartre que nous sommes condamnés à être libres, ne pourrions-nous pas voir dans notre crise environnementale l'ultime appel à exercer cette liberté, à choisir le monde dans lequel nous voulons vivre ?»

Le jeu avait ainsi commencé, chaque réplique un saut dans le temps, un pont entre les siècles. Ils naviguaient de l'antiquité à l'existentialisme, tissant une toile où se mêlaient éthique, responsabilité, et liberté. C'était un dialogue qui se jouait sur plusieurs niveaux, entre le sérieux de l'engagement et la légèreté d'une joute intellectuelle.

Leurs voix s'entremêlaient dans une harmonie parfaite avec le crépuscule, comme si la transition du jour à la nuit était le décor naturel pour une telle exploration philosophique. Dans le jeu d'Emma et Samuel, il y avait une reconnaissance mutuelle de l'importance de chaque action, de chaque choix, et un hommage rendu aux grandes pensées qui avaient modelé la compréhension humaine.

Le café, maintenant tamisé, était devenu un lieu hors du temps, un sanctuaire où le passé et le présent se rencontraient, où l'histoire de la philosophie était invoquée pour éclairer les sentiers de l'avenir. Et dans ce jeu entre Emma et Samuel, chaque joueur apportait sa pièce au puzzle complexe de notre réalité, cherchant ensemble à déchiffrer le code de notre existence tumultueuse.

À mesure que la soirée enveloppait le café de son voile nocturne, la conversation entre Emma et Samuel se faisait plus intime, se concentrant sur la notion de temps – ce concept insaisissable qui régnait en maître sur les existences humaines et la philosophie depuis des millénaires.

Emma, le regard brillant d'une clarté nouvelle, posait la question : «Samuel, ne trouvez-vous pas fascinant que nous tentions toujours de mesurer le temps, de le découper en instants, alors qu'il semble se jouer de nous à chaque tournant ?» Elle avait capté l'attention de Samuel qui, malgré lui, se laissait entraîner par cette interrogation.

«En effet,» répondait-il, «Heidegger disait que l'être humain est un 'être-pour-la-mort', toujours projeté vers un avenir qui lui échappe et pourtant, c'est cette fuite qui donne sens à l'existence.» Il marquait une pause, un demi-sourire aux lèvres, conscient du paradoxe. «Nous construisons des montres et des horloges, mais nous sommes toujours en retard sur quelque chose, toujours en train de courir après des moments qui filent entre nos doigts.»

Emma acquiesçait, ses pensées flottant vers les projets d'avenir, la protection de la nature, et la manière dont chaque action était un grain de sable dans le sablier du temps écologique. «C'est peut-être dans cette course que nous trouvons notre plus grande motivation. Chaque seconde compte double pour moi maintenant, chaque minute est une opportunité d'agir pour l'environnement.»

Leur dialogue se déployait alors comme une réflexion sur le temps vécu contre le temps mesuré, sur le kairos, le moment opportun, contre le chronos, le temps qui s'écoule. Samuel, normalement si ancré dans le concret de la réalité tangible, se laissait séduire par l'abstraction poétique d'Emma, par cette danse autour du concept du temps.

«Peut-être est-ce là notre défi,» murmurait Emma, «apprendre à vivre avec le temps, non pas comme un ennemi qui nous ronge, mais comme un partenaire dans notre quête de signification.» Samuel considérait cette idée, le regard perdu au-delà des fenêtres, où les étoiles commençaient à scintiller dans le ciel devenu noir d'encre.

Le café, auparavant rempli de la cacophonie diurne, était maintenant un cocon de tranquillité, et les quelques clients restants semblaient être des complices silencieux de cette exploration philosophique. Emma et Samuel étaient deux voyageurs temporels en pleine discussion, naviguant sur les eaux du temps avec une détermination tranquille, cherchant à comprendre comment embrasser chaque instant comme un cadeau précieux. Dans la sérénité de cette soirée, leur jeu avait pris une tournure presque méditative, un partage entre deux esprits qui reconnaissaient la fugacité du temps et la nécessité d'agir avec intention et conscience. C'était un point dans leur rencontre qui marquait non seulement la fin d'une journée, mais aussi le début d'une prise de conscience partagée – que chaque tic-tac est un battement de cœur du monde, et que chaque battement compte.

La lumière du café avait pris une teinte plus douce, presque mélancolique, alors que les clients du soir commençaient à filtrer à travers la porte. Samuel, maintenant silencieux, semblait contempler quelque chose au-delà des murs du café, son regard perdu dans une distance que seul lui pouvait voir.

Emma, sensible à ce changement subtil, se penchait en avant, réduisant l'espace entre eux. «Samuel, est-ce que tout va bien ?» demandait-elle, sa voix basse et empreinte d'une inquiétude sincère. Il y avait dans ses yeux une lueur d'un bleu profond, comme les océans calmes qui cachent des courants tumultueux en dessous. Samuel esquissait un sourire pâle, l'ombre d'un passé jamais tout à fait oublié glissant sur son visage. «Parfois, Emma, je me retrouve face à face avec des fantômes,» disait-il, sa voix trahissant une fragilité rarement exposée. «Des ombres de choses faites et vues, des échos de batailles dont les cris se sont tus depuis longtemps.» Il ne précisait pas, ne détaillait pas, mais dans ses mots, Emma devinait l'existence de démons personnels, des spectres de guerres passées qui hantaient encore ses jours et ses nuits.

Il poursuivait, ses mains se serrant inconsciemment autour de sa tasse, comme pour en chercher le réconfort. «Ce sont des moments qui nous façonnent, des épreuves qui laissent des cicatrices invisibles. On apprend à vivre avec, à les intégrer dans notre être, mais le tissu de la mémoire est parfois plus fragile qu'on ne le souhaiterait.»

Emma, émue par sa vulnérabilité, posait sa main sur la

sienne, un geste de soutien silencieux. Elle comprenait que certains chapitres de l'histoire de Samuel restaient clos, des pages qu'il tournait seul, dans l'intimité de ses nuits sans sommeil.

«Il n'y a pas de honte à avoir des fissures, Samuel,» murmurait-elle. «C'est à travers elles que la lumière peut parfois entrer.» Elle faisait référence à la poésie de Leonard Cohen, à sa manière unique d'embrasser les imperfections de l'existence humaine.

Dans le café qui s'assombrissait, le sujet des guerres et des pertes n'était jamais abordé de front, mais restait présent, un filigrane dans le tissu de leur échange. Samuel hochait la tête, reconnaissant en Emma une alliée, une oreille qui pouvait entendre sans jugement les murmures d'une âme tourmentée.

La soirée avançait, et le café devenait un refuge, un espace où les blessures pouvaient être reconnues, où le silence entre deux personnes parlait plus fort que les mots. Et dans ce silence, Samuel et Emma trouvaient une paix fragile, un moment de trêve dans leurs combats respectifs contre les fantômes du passé et les défis du présent.

La soirée s'insinuait doucement dans le café, laissant derrière elle une traînée d'ombres et de lumière tamisée. Les conversations autour d'eux s'étaient estompées, remplacées par un sentiment de quiétude qui enveloppait la pièce comme une couverture chaude et confortable. Samuel regardait par la fenêtre, observant les étoiles qui commençaient à scintiller dans le ciel nocturne, un tableau d'immensité qui offrait un contraste saisissant avec l'intimité du café.

«Les étoiles sont des rappels constants de notre petite place dans l'univers,» dit-il doucement, plus pour lui-même que pour Emma. «Elles nous voient, témoins silencieux de nos vies tumultueuses.»

Emma, suivant son regard, se laissait également captiver par la vue céleste. «Et pourtant, malgré leur distance, elles nous touchent... par leur lumière, par la perspective qu'elles nous offrent.» Sa voix était un murmure, une note douce dans la symphonie de la soirée.

Samuel se tournait vers Emma, un sourire triste mais reconnaissant sur les lèvres. «C'est curieux, n'est-ce pas ? Comment la lumière d'une étoile, si lointaine et peut-être éteinte depuis des éons, peut encore atteindre et émouvoir un simple mortel.»

Emma acquiesçait, se sentant soudainement connectée à Samuel par un fil invisible, tissé non pas de mots, mais d'un partage silencieux d'admiration pour la beauté pure de l'univers. «C'est la poésie de l'existence,» ajoutait-elle. «La beauté tragique et éternelle du cosmos qui se reflète dans nos propres expériences éphémères.»

Leurs yeux se rencontraient, et dans ce regard partagé, il y avait une compréhension mutuelle, un respect pour les vérités tacites que ni l'un ni l'autre n'avait besoin d'exprimer à haute voix. Le café, autrefois lieu de rencontres bruyantes et de matinées agitées, était maintenant un havre de contemplation et de réflexion philosophique.

Le serveur, passant à proximité, leur jetait un coup d'œil

et décidait de les laisser dans leur bulle, reconnaissant instinctivement la sacralité du moment. Il se contentait de leur offrir un hochement de tête respectueux avant de continuer son chemin, laissant les sons feutrés de ses pas se fondre dans le tapis de silence qui recouvrait la pièce.

Alors que la soirée avançait, Emma et Samuel demeuraient là, deux silhouettes imprégnées d'un calme serein, deux âmes qui, malgré ou peut-être à cause de leurs propres démons et de leurs luttes, trouvaient un réconfort dans les vastes échos de l'infini. C'était un moment suspendu, une trêve dans le temps, où le café devenait un lieu non pas de fuite, mais de connexion profonde avec les rythmes plus larges de la vie et de l'univers.

Le café avait désormais revêtu son manteau de nuit, et les derniers clients s'attardaient dans un murmure de conversations qui se perdaient dans le fond sonore. Emma et Samuel, immergés dans leur cocon de tranquillité, sentaient la journée s'achever sur une note douce et mélancolique.

Leurs échanges, tissés de philosophie et d'humanité, avaient dessiné un espace de compréhension et de respect mutuel. Maintenant, ils se trouvaient dans un silence confortable, celui qui survient après les mots importants, lorsque tout a été dit et que l'air même semble riche de la profondeur de la conversation partagée.

Samuel, dont la garde avait été baissée par l'intimité du dialogue, semblait réfléchir, les yeux capturant la lueur des bougies qui vacillaient sur les tables. Son visage, éclairé par la flamme tremblante, montrait des signes d'une paix intérieure rare, une trêve avec les tourments qui l'accompagnaient souvent.

«Je suppose que les fins de journée comme celle-ci sont un rappel,» disait-il, sa voix basse se mêlant à la clarté des étoiles à travers la fenêtre. «Un rappel que malgré tout, malgré les démons et les tempêtes, il y a de la beauté et de la quiétude à trouver.»

Emma, émue par sa révélation, répondait avec une douceur qui venait du cœur. «C'est dans ces moments-là, Samuel, que nous comprenons peut-être le mieux ce que signifie être vraiment en vie. Les épreuves que nous traversons nous façonnent, mais elles ne nous définissent pas entièrement.»

Le serveur s'approchait, leur annonçant que le café allait bientôt fermer. C'était une invitation implicite à revenir à la réalité, mais aussi le signal de la fin d'un chapitre dans la journée d'Emma et Samuel. Ils rassemblaient leurs affaires tranquillement, retardant le moment de partir, comme si prolonger ces dernières minutes pouvait étendre la magie un peu plus longtemps.

Finalement, ils se levaient, leurs chaises grattant doucement contre le sol en bois. Ils échangeaient un dernier regard, un mélange de gratitude et de reconnaissance pour la journée partagée. «À demain, Emma,» disait Samuel avec un sourire vrai, la lueur d'espoir dans ses yeux. «À demain, Samuel,» répondait-elle, et dans sa voix, il y avait la promesse d'une autre rencontre, d'autres conversations.

Ils sortaient du café, laissant derrière eux la chaleur des bougies et le confort des ombres. La nuit les accueillait, fraîche et claire, et alors qu'ils se séparaient à l'angle de la rue, chacun rentrait chez soi porté par la certitude que, malgré les blessures et les souvenirs douloureux, il y avait dans la connexion humaine une force réparatrice, un baume pour les âmes.

Le café, maintenant silencieux et vide, semblait garder l'écho de leur présence, témoignage de la journée écoulée et des liens invisibles qui s'étaient renforcés. Dans le jeu complexe de la vie, Emma et Samuel avaient trouvé un moment de grâce, un instant suspendu où, ensemble, ils avaient touché quelque chose d'indéfinissable et de profondément vrai.

L'éveil de Samuel

Les rayons du soleil, plus audacieux que jamais, s'infiltrent à travers les interstices des stores, projetant des motifs lumineux sur le sol encore vierge des pas matinaux. C'est un nouveau jour, et avec lui, un air de renouveau souffle sur le petit établissement qui commence à bourdonner doucement de vie.

Emma arrive plus tôt que d'habitude, ses traits reposés témoignant d'une nuit de sommeil ininterrompue et réparatrice. Elle choisit une table près de la fenêtre, où les jeux de lumière semblent danser sur la surface en bois, créant un tableau vivant qui l'accueille dans ce havre matinal. Elle sort un carnet de notes, sa dernière acquisition destinée à capturer ses pensées et ses idées sur le vif, un écho physique à l'agitation créative de son esprit.

Le serveur, déjà un ami grâce à ces matinées partagées, lui apporte son cappuccino habituel avec un clin d'œil complice. «Vous êtes en avance aujourd'hui,» note-t-il. «Inspiration matinale ou fuite d'un coq trop zélé ?» Sa plaisanterie matinale arrache un sourire à Emma, qui lui répond sur le même ton léger : «Disons que l'aube avait trop à dire pour que je reste au lit.»

Peu après, Samuel fait son entrée, semblant presque décontenancé de trouver Emma déjà installée et prête à accueillir le jour. Il s'approche, un livre sous le bras, un air légèrement perplexe sur le visage. «Vous avez devancé l'appel du café, je vois,» dit-il en s'asseyant en face d'elle, posant son livre, un vieux volume poussiéreux de poésie, comme un pont entre eux.

La conversation débute sur les notes légères de la reconnaissance mutuelle de leurs habitudes désormais familières. «Je commence à croire que ce café est un peu notre deuxième foyer,» confesse Emma, son regard balayant les murs ornés de peintures locales et de plantes vertes. «Ou notre laboratoire d'idées,» ajoute Samuel, «où l'on expérimente les réactions entre la pensée et le monde réel.»

Le café s'éveille autour d'eux, chaque arrivée d'un habitué ou d'un nouveau visage étant comme un nouveau vers dans le poème du matin. Emma et Samuel, maintenant des figures ancrées dans ce décor, tissent leurs propres vers de dialogue et de découverte, leurs voix se mêlant au crescendo de l'activité matinale.

C'est une matinée qui promet, une toile vierge sur laquelle ils vont, ensemble et séparément, peindre les couleurs de leurs pensées, de leurs rires et de leurs silences. Une note d'espoir et d'attente, dans l'anticipation d'une journée encore non écrite, prête à être remplie de la substance même de la vie.

Emma, devant son cappuccino, se lançait dans une nouvelle entreprise : l'observation des rituels matinaux de ses camarades de café, une étude anthropologique de comptoir qu'elle menait avec la rigueur d'une scientifique et l'espièglerie d'une enfant.

À la table voisine, un homme d'affaires tentait de jongler entre son téléphone, son ordinateur portable et une tartine qu'il maniait avec une dextérité qui aurait rendu jaloux un jongleur de cirque. «Regardez,» chuchotait-elle à Samuel, «d'Homo Economicus dans son habitat naturel. Notez la coordination impeccable, un spectacle d'agilité moderne.»

Samuel, amusé, suivait son regard avant de compléter la scène. «Et là,» disait-il en désignant un groupe de jeunes accrochés à leurs smartphones, «nous avons la tribu des Digital Natives. Ils communiquent en silence, leurs pouces frémissants, dans une danse des textos et des tweets.»

Le serveur, passant à proximité, ne put s'empêcher d'ajouter son grain de sel. «Et que dire de notre espèce? Les Caféïnus Dependus, incapables de démarrer la journée sans leur offrande à la déesse caféine.» Il déposa avec une théâtralité exagérée un espresso devant un client régulier, qui leva les yeux au ciel avec gratitude.

La matinée se poursuivait dans une cacophonie de

sons et de mouvements, chaque client du café jouant inconsciemment son rôle dans cette comédie sociale. Emma et Samuel, eux, étaient les commentateurs amusés de cette scène quotidienne, trouvant dans chaque geste une source de divertissement.

«Et voici l'entrée spectaculaire de nos migrateurs saisonniers,» annonça Emma alors que des touristes, appareils photos en bandoulière, envahissaient le café, émerveillés par son charme rustique. «Ils se nourrissent de clichés et se reproduisent par selfies,» ajouta-t-elle, faisant de son mieux pour garder un visage sérieux.

Samuel, inspiré par le jeu, ne put résister à l'envie de poursuivre. «Ne les effarouchez pas, ils sont connus pour leur timidité face à l'authentique culture locale.» Il faisait de grands gestes pour illustrer ses propos, attirant les regards amusés des nouveaux arrivants.

Le café résonnait des rires et des plaisanteries, chaque table apportant sa contribution à l'ambiance chaleureuse et détendue. Emma et Samuel, au centre de cette toile d'humour, tissaient leurs blagues et leurs observations avec un plaisir manifeste, leur rire devenant la bande-son de la matinée.

C'était le début d'une journée où le rire était roi, où l'esprit vif triomphait et où le Café de l'Espoir devenait une scène sur laquelle la comédie humaine se jouait avec une joie contagieuse.

Alors que les rires résonnaient encore dans l'air, le café continuait son ballet matinal. C'était maintenant l'heure de pointe, et chaque nouveau client qui franchissait la porte ajoutait une touche unique à la fresque vivante qui se déroulait sous les yeux malicieux d'Emma et Samuel. «Attention,» dit Emma avec un air de conspiratrice, «voici l'entrée de notre quotidien Casanova, prêt à déclamer des sonnets à la barista ébahie.» Un jeune homme au sourire éclatant et à la démarche assurée s'avançait vers le comptoir, commandant un expresso avec une assurance qui flirtait avec l'arrogance. La barista, habituée à ces avances, répondait avec un sourire professionnel tout en roulant des yeux, suscitant un nouveau fou rire chez Emma.

Samuel, ne voulant pas être en reste, pointa discrètement vers une vieille dame au chignon impeccablement dressé, qui examinait les gâteaux avec une loupe de bijoutier. «Et là, la redoutable critique gastronomique locale. On dit que son palais est assuré pour un million d'euros.» Les yeux d'Emma pétillaient de malice alors qu'elle imaginait la dame en train de rédiger des critiques acerbes sur des nappes en papier.

Le serveur, revenant vers leur table avec un sourire complice, ajouta sa touche personnelle. «Vous avez manqué notre visiteur matinal, l'homme qui tente désespérément de faire revivre le chapeau melon en 2023.» Emma éclata de rire en se remémorant l'homme en question, un habitué excentrique avec une passion inébranlable pour la mode d'antan.

Le café était une mosaïque de personnages, chacun apportant sa propre couleur à la palette. Un groupe d'étudiants tapait fébrilement sur leurs ordinateurs, une symphonie de clics rythmés par l'urgence des deadlines.

«Voici nos cyber-guerriers, armés jusqu'aux dents de références et de citations pour combattre les redoutables dragons des dissertations,» commenta Emma.

Samuel, inspiré, observa un homme d'affaires qui, en costume impeccable, luttait pour maintenir son sérieux alors que son petit chien, un teckel audacieux, se faufilait entre les jambes des clients. «Et là, un titan de la finance, vaincu par la fougue de Cerbère en version miniature.» La matinée se poursuivait dans cette veine humoristique, où chaque scène offrait matière à sourire. Le café, souvent un lieu de passage, devenait un théâtre où chaque visiteur, sans le savoir, jouait son rôle dans une pièce écrite par le hasard et dirigée par l'ironie.

Emma et Samuel, complices dans leur amusement, étaient les spectateurs privilégiés de cette comédie humaine, trouvant dans le quotidien un spectacle digne des plus grandes pièces, où le rire était la clé de voûte de la voûte céleste sous laquelle ils se trouvaient.

La scène dans le Café de l'Espoir se transformait à présent en un spectacle de pantomime non orchestré. Un serveur, dans une tentative de transport artistique, glissait sur un sol récemment nettoyé, effectuant une pirouette involontaire qui rivalisait avec les meilleurs danseurs de ballet. Son équilibre retrouvé in extremis, il saluait la salle comme un artiste sur scène, provoquant une salve d'applaudissements amusés.

Emma riait à gorge déployée, applaudissant avec enthousiasme. «Bravo ! Quelle prestation !» s'exclamait-elle, son rire communicatif se répandant comme une onde bienveillante. Samuel, un sourire en coin, ajoutait : «Dix points pour l'atterrissage. La prochaine fois, nous exigerons un triple saut périlleux.»

À une autre table, une jeune femme en entretien d'embauche tentait désespérément de paraître professionnelle alors que son jeune neveu, qu'elle avait dû emmener, découvrait les joies sonores d'une cuillère contre une tasse en porcelaine. «Et là, une future CEO en pleine ascension, accompagnée de son percussionniste personnel,» chuchotait Samuel, ses yeux pétillant d'amusement.

Le neveu, prenant son rôle très à cœur, redoublait d'intensité, transformant la tasse en un instrument de musique avant-gardiste. La jeune femme, un sourire gêné aux lèvres, tentait de récupérer la cuillère avec la grâce d'une diplomate en pleine négociation.

Le café devenait un terrain de jeu où chaque acteur, volontaire ou non, contribuait à l'ambiance décalée. Un adolescent, écouteurs aux oreilles, chantonnait à tue-tête une chanson populaire, convaincu d'être seul dans son monde alors qu'il offrait un concert privé à toute la salle. «Découvrez le nouveau talent de notre scène locale,» annonçait Emma en tapant des mains au rythme de la chanson.

Samuel, qui avait jusqu'alors résisté à l'envie de participer pleinement à la cacophonie générale, ne put s'empêcher de rejoindre le chœur improvisé, murmurant les paroles avec un sérieux qui contrastait comiquement avec la situation.

Le serveur, redevenu maître de son plateau, distribuait

les boissons avec une précision de funambule, esquivant les obstacles avec un sourire qui disait : «Je maîtrise parfaitement la situation.» Emma et Samuel lui décernaient une ovation debout, transformant une mésaventure en un moment de gloire.

Le rire était devenu le langage universel du café, chaque petit incident se transformant en une opportunité d'émerveillement et de joie. La matinée avançait, et avec elle, la certitude que ces moments d'humanité partagée étaient les véritables joyaux de la vie quotidienne.

Alors que le café continuait de s'animer, un personnage particulier faisait son entrée, captant aussitôt l'attention d'Emma et de Samuel. Il s'agissait de Monsieur Dupont, un homme d'un certain âge au charisme indéniable, connu de tous les habitués pour son penchant pour les chapeaux extravagants et ses histoires rocambolesques. Ce matin, il portait un chapeau haut-de-forme orné d'une plume de paon qui ajoutait une touche de noblesse à sa silhouette déjà impressionnante.

«Regardez qui est là,» murmura Emma à Samuel, un sourire anticipateur aux lèvres. «Notre conteur local, l'homme qui a certainement inspiré plus d'un personnage de roman d'aventures.»

Monsieur Dupont s'avançait avec une démarche théâtrale, comme s'il était le protagoniste d'une pièce se déroulant dans le café. Il saluait les uns et les autres d'un geste de la main majestueux, distribuant des «Bonjour !» avec la générosité d'un roi en son domaine.

«Mesdames et messieurs,» annonçait-il d'une voix

tonitruante, «avez-vous entendu parler de la dernière mésaventure de notre chère Madame Lefebvre ?» Le café tombait dans un silence attentif alors que Monsieur Dupont prenait place au centre de la pièce, prêt à délivrer son récit.

Emma et Samuel, ne voulant pas manquer une miette de l'histoire, se penchaient en avant, leurs expressions mêlant amusement et curiosité. «Il paraît,» continuait-il, «qu'elle s'est retrouvée enfermée hors de chez elle en peignoir et pantoufles, après avoir poursuivi un chat qu'elle croyait être le sien!» Les rires fusaient déjà, tandis que l'imaginaire collectif peignait la scène décrite par Monsieur Dupont.

Le récit devenait plus rocambolesque à chaque phrase, avec Madame Lefebvre escaladant des clôtures, se cachant derrière des buissons et finalement secourue par un groupe de scouts qui passaient par là. «Et vous savez ce qu'elle a dit ? 'C'était le moment le plus exaltant de ma vie depuis la chute du mur de Berlin !'» Les clients du café riaient de bon cœur, certains se tapant le front en signe d'incrédulité joyeuse.

Samuel, qui avait toujours eu un faible pour les contes bien tournés, ajoutait sa propre touche d'humour. «Je propose que nous décernions à Madame Lefebvre le titre de 'Ninja du petit matin'. Toutes ces années de jardinage n'étaient qu'un entraînement pour son grand exploit!» Emma acquiesçait, son rire se joignant à celui de Samuel, formant un duo mélodieux.

La performance de Monsieur Dupont touchait à sa fin, et avec un salut digne d'un acteur de théâtre, il acceptait

les applaudissements et les sifflements amicaux. «Je serai
là toute la semaine,» disait-il avec un clin d'œil avant de
s'installer à sa table habituelle, où une tasse de thé et le
journal du jour l'attendaient.

Dans le café, l'ambiance était devenue électrique,
chaque table bourdonnant de commentaires et
d'anecdotes personnelles, inspirées par la prestation de
Monsieur Dupont. Emma et Samuel, eux, partageaient
un moment de complicité, reconnaissant dans l'histoire
un reflet de la comédie humaine qui se jouait autour
d'eux – une symphonie d'aventures quotidiennes, de
malheurs transformés en épopées et de petits riens qui
devenaient légendaires grâce à l'art de la narration.

Le café, plus qu'un simple lieu de consommation, se
révélait être un espace de vie et de création, où chaque
personne, volontairement ou non, contribuait au récit
collectif. Pour Emma et Samuel, cette matinée était une
autre page dans le livre de leurs rencontres, un chapitre
empli de rires et de cette magie unique qui surgit lorsque
des histoires sont partagées et que des liens se tissent.

Le spectacle improvisé de Monsieur Dupont laissait
une ambiance électrique, et Samuel, piqué au vif par
cette effervescence, se sentait soudain inspiré pour
ajouter sa propre contribution au théâtre ambulant du
café. Avec un clin d'œil à Emma, il se levait, raclant sa
gorge de manière théâtrale pour capter l'attention de la
salle désormais attentive.

«Chers amis,» commença-t-il avec un sérieux feint, «je me
dois de partager avec vous une découverte scientifique

de première importance.» Les habitués, connaissant l'habitude de Samuel de pimenter la matinée avec son humour pince-sans-rire, se préparaient à une nouvelle livraison de sa sagacité.

«Après des années de recherche intensive,» poursuivait-il, faisant une pause dramatique, «j'ai enfin percé le secret de l'immortalité.» Un silence intrigué accueillait sa proclamation. «Il suffit simplement... de ne pas mourir.» Son visage restait impassible, mais ses yeux brillaient d'un amusement à peine dissimulé.

Le café explosait de rires, la simplicité de son «découverte» contrastant avec la gravité de son introduction. Emma ne pouvait contenir son hilarité, applaudissant la performance de Samuel, tandis que le reste du public offrait des réponses variées allant de la tête secouée en signe de désapprobation amusée à l'acclamation vocale.

«Mais attention,» ajoutait Samuel alors que les rires se calmaient, «cette méthode n'a pas encore été approuvée par les autorités compétentes, donc je vous conseillerais de ne pas essayer cela chez vous.» Le ton bon enfant et la livraison impeccable de Samuel faisaient de lui, pour un instant, le comédien vedette du Café de l'Espoir.

Emma, profitant de l'ambiance détendue, rebondissait sur la plaisanterie. «Et moi qui me demandais pourquoi vous aviez l'air si jeune. J'imagine que la philosophie est un bon conservateur après tout !» Sa réplique arrachait un nouveau tour de rire, et même le serveur ne pouvait s'empêcher de sourire en passant.

La matinée se déroulait maintenant sur un mode plus

léger, les éclats de rire venant adoucir les rigueurs de la vie quotidienne. Samuel, habituellement plus en retrait, savourait le plaisir simple de partager un moment de gaieté pure avec les autres. Emma, quant à elle, se félicitait intérieurement de voir combien Samuel s'était ouvert depuis leur première rencontre, preuve que le rire pouvait être aussi transformateur que n'importe quelle philosophie profonde.

Dans le café, chaque rire partagé tissait des liens invisibles entre les clients, créant une communauté éphémère mais réelle, unie par la joie et la reconnaissance mutuelle de la comédie humaine. Et au cœur de cet échange, Emma et Samuel étaient les architectes d'une journée où l'humour devenait un baume pour l'âme et un pont entre les cœurs.

Le café, maintenant baigné dans une ambiance chaleureuse et joviale, s'adonnait pleinement à la gaieté du matin. Dans le coin, un groupe d'étudiants éclatait de rire suite à une blague bien placée par l'un d'entre eux, tandis qu'à une autre table, un couple de personnes âgées partageait un sourire complice, se remémorant probablement une plaisanterie partagée dans leur jeunesse.

C'est alors qu'Emma, avec l'espièglerie qui la caractérisait, s'empara d'une petite cuillère et la tint contre sa tasse, prête à imiter l'incident musical du neveu matinal. «Mesdames et messieurs,» annonça-t-elle avec un faux sérieux, «je vais maintenant interpréter la symphonie du café, une composition en un acte et plusieurs éclaboussures.» Le café, anticipant la suite, se préparait à l'éventualité d'une douche impromptue.

Samuel, ne pouvant laisser passer l'occasion, décida d'accompagner la performance. Il saisit une serviette en papier, la déplia avec exagération, et se mit à la diriger comme un chef d'orchestre, prêt à guider Emma dans sa «symphonie». «Attention à la mesure,» prévint-il, «nous ne voudrions pas d'un débordement avant le crescendo.»

La cuillère d'Emma tintait contre la porcelaine avec un rythme maladroit mais charmant, provoquant des rires et des applaudissements. Le serveur, en parfait complice, s'approchait avec un plateau de verres vides, ajoutant son propre instrument à l'ensemble. «N'oublions pas le triangle,» dit-il en alignant les verres, prêt à les faire sonner à leur tour.

Le spectacle improvisé était un ballet de sons domestiques, un opéra de la vie quotidienne qui apportait une dose supplémentaire de joie à la matinée. Les clients, certains amusés, d'autres feignant l'indignation, participaient à cette cacophonie en tapant des pieds ou en tambourinant sur les tables.

Après quelques mesures de cette musique de cabaret improvisée, Emma concluait sa performance par un geste théâtral, faisant mine de s'évanouir contre le dossier de sa chaise sous les acclamations. «Merci, merci, vous êtes trop bons,» plaisantait-elle, s'inclinant avec exagération.

Samuel, applaudissant avec ferveur, ne pouvait cacher son admiration. «Vous avez manqué votre vocation,

Emma. Le monde de la musique pleure votre absence sur la scène internationale.» Il riait avec une joie non dissimulée, les échos de leur hilarité se mélangeant aux sons matinaux du café.

Leurs rires, combinés aux rires des autres clients, remplissaient le café d'une énergie palpable, d'un sentiment de communauté et de légèreté. La matinée avançait, et avec elle, la conviction que, peu importe les circonstances, il y avait toujours place pour le rire et pour ces moments de partage spontané qui rendent la vie plus lumineuse.

Alors que le café s'imprégnait de la gaieté contagieuse d'Emma et de la direction orchestrale de Samuel, un silence soudain s'installa lorsque l'horloge du café sonna l'heure, et avec elle, l'arrivée d'un personnage connu de tous : Monsieur Laroche, le postier retraité, amateur de puzzles et philatéliste passionné, dont les entrées étaient toujours ponctuées de son annonce triomphante du nombre de mots croisés résolus ce jour-là.

Comme à son habitude, il franchit la porte avec la précision d'une horloge suisse, s'exclamant: «Dix mots croisés aujourd'hui, et tous résolus sans un seul indice !» Sa fierté était aussi évidente que le nez au milieu du visage, et son entrée devenait instantanément le sujet brûlant du café.

Emma, sans perdre une seconde, rebondit sur cette révélation. «Monsieur Laroche, vous devez avoir le record du monde de résolution de mots croisés !» lança-t-elle, applaudissant avec exubérance. «Le Guinness des records est prévenu, j'espère ?»

Samuel se joint à la conversation avec une fausse gravité. «Monsieur Laroche, quel est votre secret ? Un régime spécial ? De l'entraînement en altitude ?» Son ton était si sérieux qu'un observateur extérieur aurait pu le prendre pour un journaliste en pleine interview d'un athlète olympique.

Monsieur Laroche, qui ne manquait jamais une occasion de parler de ses exploits, répondit avec un sourire malicieux: «Ah, c'est une affaire d'état que je ne peux divulguer, même sous la torture d'une bonne tasse de café !» Sa réponse suscita des rires et quelques tapes d'encouragement sur le dos de la part des autres clients. C'était une tradition non écrite que Monsieur Laroche apportait son énigme du jour, une charade ou un rébus qu'il posait à la salle, transformant le café en un salon de jeu éphémère. «Bien,» annonçait-il, «voici l'énigme du jour : je suis pris avant le dîner, et pourtant, je ne suis jamais consommé. Qui suis-je ?»

Les habitués du café, qui avaient maintenant mis de côté leurs journaux et smartphones, réfléchissaient à voix haute, proposant des réponses amusantes et parfois absurdes. «Une résolution de nouvel an !» criait un adolescent du fond de la salle. «Une photo de plat pour Instagram !» suggérait un autre avec un rire.

Emma et Samuel échangeaient des regards amusés, appréciant la manière dont le café s'était transformé en une arène de joutes verbales. Le jeu de mots de Monsieur Laroche était devenu un autre fil tissant la communauté du café, un moment de détente collective où chacun pouvait laisser son esprit vagabonder librement.

Finalement, après que plusieurs réponses eurent été données et que l'énigme eut été suffisamment mâchée, Monsieur Laroche déclara avec un petit air de mystère: «La réponse, chers amis, est 'une chaise'!» Les exclamations de réalisation s'entremêlaient aux grognements de ceux qui étaient proches de la réponse, et le café retombait dans un brouhaha joyeux et satisfait.

Tandis que l'atmosphère ludique persistait, un événement inattendu ajouta encore à l'ambiance comique du Café de l'Espoir. Un des habitués, un vieux monsieur connu pour sa propension à s'endormir avec son journal sur le visage, venait de réaliser un exploit digne des plus grands magiciens : il s'était, sans le vouloir, enveloppé dans les pages du quotidien, devenant un papillon humain émergeant d'un cocon de papier.

Emma, observant la scène, ne put contenir son hilarité. «Mesdames et messieurs, voici la dernière tendance en matière de mode automnale : le look papier mâché !» Son commentaire, dit assez fort pour que la moitié du café l'entende, déclencha une vague de rires et de claquements de mains.

Samuel, se joignant à l'esprit de la plaisanterie, lança avec une feinte solennité : «Un choix audacieux, un statement vraiment avant-garde. On applaudit l'originalité !» Le vieux monsieur, se rendant compte de la situation, ôta les pages avec un sourire espiègle et s'inclina comme s'il venait de terminer un numéro d'illusionnisme.

Le serveur, toujours prêt à participer à la comédie

quotidienne du café, apporta une tasse de café au «magicien» du jour avec une déférence exagérée. «Votre boisson, Monsieur l'Artiste. Puis-je dire que votre performance était... révolutionnaire ?» Sa voix, teintée d'un sarcasme affectueux, ajoutait à la jovialité de l'instant.

L'homme acquiesça avec humour et accepta son café avec un signe de tête gracieux, jouant le jeu. «Il est important de rester à la page,» répondit-il, mettant en évidence le jeu de mots, ce qui provoqua une nouvelle ronde de rires.

Alors que le rire s'élevait en bulles légères à travers l'air du café, Emma et Samuel échangeaient des regards complices, reconnaissant que ces moments de bonheur spontané étaient les joyaux cachés de la vie quotidienne. Le café n'était pas seulement un lieu de réunion ou un simple espace pour consommer des boissons chaudes ; c'était un théâtre de la vie, une scène où chaque client, qu'il soit jeune ou vieux, sérieux ou comique, jouait son rôle dans la grande pièce improvisée du quotidien.

Alors que le rideau tombait sur les pitreries et les jeux d'esprit du matin, un silence confortable commençait à s'installer dans le Café de l'Espoir. Les clients, repus de rire et de bonne humeur, reprenaient lentement leurs activités, leurs visages encore marqués par les sourires des scènes précédentes.

Samuel, qui avait été un participant actif de l'ambiance joyeuse, semblait maintenant pensif, son regard se perdant dans le fond de sa tasse comme s'il y cherchait les feuilles de thé d'une fortune. Emma, remarquant son air contemplatif, lui offrit un sourire doux. «Vous avez l'air d'un sage qui médite sur les mystères de l'univers,» plaisanta-t-elle, son ton léger se mêlant à la mélodie apaisante de la fin de matinée.

«Peut-être que je le suis,» répondit-il avec un clin d'œil. «Ou peut-être que je me demande juste si j'ai fermé la porte de chez moi ce matin.» Son commentaire, si inattendu et terre-à-terre après les acrobaties intellectuelles précédentes, fit éclater Emma de rire.

Le serveur, s'approchant pour débarrasser leur table, se joignit à la conversation. «Si c'est le cas, je suis sûr que vos livres de philosophie garderont la maison en votre absence. Qui oserait défier Kant en garde du seuil ?» Sa remarque, pleine d'esprit, était une touche finale parfaite à la matinée.

C'était l'heure pour les clients de prendre leur chemin, laissant derrière eux le cocon chaleureux du café pour affronter la réalité du monde extérieur. Emma et Samuel, préparant leurs affaires pour partir, échangeaient des regards qui promettaient la continuation de ce fil de camaraderie et de rires.

«À la prochaine énigme, au prochain chapitre,» dit Emma en se levant, sa main effleurant brièvement celle de Samuel en signe d'adieu. «Et peut-être au prochain épisode de 'La Vie Secrète des Philosophes',» ajouta-t-elle avec un sourire espiègle.

Samuel, se levant à son tour, répliqua : «Je serai là, avec de nouvelles blagues et peut-être une clé supplémentaire, juste au cas où.» Ils riaient, complices dans leur amusement partagé, et quittaient le café, laissant une traînée de bonne humeur dans leur sillage.

Le café, désormais plus calme, semblait retenir les échos de leur présence, conservant la chaleur de leur rire jusqu'à leur prochain retour.

Dans le monde de notre petit café, chaque journée était une toile vierge prête à être peinte avec les couleurs de la vie, et Emma et Samuel étaient devenus, sans conteste, deux des artistes les plus chers à cette galerie quotidienne, deux amis qui avaient découvert la joie simple de s'apprécier au travers des rires et des échanges sincères.

La philosophie de la terre

L'aube s'étire langoureusement sur le petit village, et comme à son habitude, le Café de l'Espoir s'anime lentement sous la houlette de son propriétaire, Monsieur Bernard, un homme à la moustache aussi fournie que son sens de l'accueil. C'est un matin particulier car le café célèbre son anniversaire, une occasion qui ne manque jamais de susciter des festivités et des surprises. Emma, toujours prompte à encourager les célébrations communautaires, avait déjà conspiré avec le personnel du café pour organiser une série d'événements tout au long de la journée. Elle avait apporté avec elle une banderole faite maison, décorée de motifs écologiques et de slogans inspirants, qu'elle suspendait avec un enthousiasme contagieux au-dessus du comptoir.

Samuel, quant à lui, avait promis de réciter un poème qu'il

avait composé en l'honneur du café, un établissement qui, selon ses propres termes, était «plus qu'une simple institution villageoise, c'était un phare de sagesse dans l'océan de la routine».

Les premiers clients arrivaient, attirés par les rumeurs de festivités et par l'odeur alléchante du café fraîchement moulu. Ils étaient accueillis par la vue de ballons biodégradables flottant doucement au plafond et par la musique d'un petit groupe local qui s'accordait dans un coin, prêt à offrir une bande-son enjouée à la journée.

Monsieur Bernard, le maître des lieux, se tenait derrière son comptoir, l'air aussi fier qu'un capitaine sur son navire. «Bienvenue à tous pour cette journée spéciale !» annonçait-il d'une voix claire. «Et pour débuter, nous offrons un café gratuit à toute personne qui partagera avec nous son meilleur souvenir lié au café.»

La proposition lançait une vague d'excitation. Les habitués, ainsi que les nouveaux venus, partageaient leurs histoires, certaines teintées de nostalgie, d'autres pleines d'humour et de tendresse. Emma et Samuel, les yeux pétillants, écoutaient les récits, se régalant des anecdotes qui tissaient la riche histoire du café.

Nous voilà placé sous le signe de la communauté et de la célébration, marquant le début d'une journée où chaque moment serait une occasion de renforcer les liens, de se remémorer le passé et de tisser ensemble l'avenir du Café du village.

Immergé dans la célébration de son anniversaire, le café résonnait de rires et de conversations animées. Au milieu de cette atmosphère festive, Emma se préparait pour le deuxième événement de la journée: un concours de poésie où chaque participant devait évoquer ce que le café représentait pour lui.

Samuel, d'ordinaire si réservé, avait accepté de participer, poussé par Emma qui voyait là l'occasion de dévoiler le poète caché derrière le philosophe. Elle avait même préparé une petite introduction théâtrale pour lui, insistant sur le fait qu'il était «le prochain grand poète du village, un homme dont les mots pouvaient élever l'espresso à un art».

Cependant, ce qui devait être une récitation sérieuse prit rapidement une tournure comique lorsque Samuel monta sur scène, déclamant ses vers avec une gravité exagérée qui contrastait avec le contenu inattendu de sa poésie. Il avait choisi de personnaliser son ode au café avec des rimes humoristiques, évoquant «l'arôme captivant qui, mieux qu'un réveil, nous sort du lit avec une promesse non dite».

Le public, s'attendant à des vers plus classiques, fut pris d'un fou rire lorsque Samuel décrivit avec passion l'épopée du «grain noir vaillant», qui «après un périple dans la machine, dans nos tasses triomphait». Ses mots, bien que teintés de plaisanterie, étaient empreints d'une sincérité qui touchait chaque personne présente.

Emma, depuis sa table, applaudissait et riait, ravie de voir Samuel se prêter au jeu avec un tel panache. Elle ne fut pas la seule à apprécier le spectacle; les autres participants et les spectateurs acclamaient cette performance inattendue, qui ajoutait une couche de convivialité et d'esprit à l'événement.

Après la prestation de Samuel, les autres poètes se succédèrent, chacun apportant sa propre touche à la mosaïque poétique de la journée. Les poèmes variaient, allant de l'évocation lyrique des matins brumeux passés au café à des comptines amusantes sur les caprices des machines à café.

La matinée avançait et avec elle, le troisième acte des célébrations annuelles du Café de l'Espoir débutait. Cette fois, il s'agissait d'une compétition amicale de latte art, où les clients étaient invités à tenter leur chance dans l'art délicat de dessiner avec la mousse de lait sur leur café.

Emma, dont les talents artistiques étaient habituellement confinés à ses projets écologiques, s'était volontairement inscrite. «Comment résister à l'appel de la mousse ?», avait-elle plaisanté auprès de Samuel, qui l'avait suivie jusqu'au comptoir pour assister à sa tentative.

Le barista en chef, un jeune homme au talent reconnu dont les créations éphémères faisaient la fierté du café, donnait quelques conseils de base. «C'est tout en poignet,» disait-il, «imaginez que vous peignez sur une toile de soie.» Emma hochait la tête, captivée, mais lorsqu'elle prit le pichet à lait en main, ses premiers mouvements furent moins ceux d'un artiste que ceux d'un maçon maladroit.

La foule autour s'amusait des premières tentatives, plus proches d'un test de Rorschach que d'une œuvre d'art. Emma, cependant, ne se décourageait pas, son deuxième essai produisant quelque chose qui, avec beaucoup d'imagination, pouvait ressembler à une fleur. «Je l'appelle 'L'Explosion de la Nature',» annonçait-elle, recevant des applaudissements encourageants.

Samuel, divertit par la scène, ne put résister à l'envie de rejoindre l'action. «Permettez-moi de tenter ma chance,» déclara-t-il, s'emparant du pichet avec un sourire confiant. À la surprise générale, et probablement la sienne, sa création ressemblait étonnamment à un livre ouvert. «Pour le philosophe en moi,» dit-il, présentant son chef-d'œuvre avec une révérence moqueuse.

Les participants se succédaient, chacun apportant sa touche personnelle, ses espoirs et ses rires à la compétition. Les résultats variaient de figures abstraites à des tentatives audacieuses de portraits, chaque nouveau latte étant une source de divertissement.

Le serveur, maintenant juge officieux, déclarait finalement que tous les participants étaient gagnants, la vraie victoire étant l'esprit de communauté et la joie partagée. Pour récompenser les efforts, il offrait à chacun un cookie fait maison, créant une atmosphère encore plus chaleureuse.

Emma, ayant trouvé une muse dans les volutes de vapeur s'échappant des tasses chaudes, se leva pour offrir son hommage. Ses mots, fluides et gracieux, s'écoulaient comme le café lui-même, chaque phrase une goutte de vérité :

«En ce lieu de pause et de paix,
Où le temps suspend son vol et le monde s'efface,
Nous trouvons un havre, un calme, une grâce,
Ici, où le café se fait poème, et la mousse, une fresque.»

Samuel, toujours prêt à relever un défi intellectuel, emboîtait le pas avec un quatrain qui capturait l'essence du moment, ses mots tissant le quotidien en une étoffe plus fine :

«Entre ces murs résonnent les échos des pensées,
Dans chaque grain moulue, une histoire est contée.
Le café, un nectar sombre où nos rêves sont trempés,
Chaque gorgée est un vers, dans nos cœurs calligraphié.»

Les clients, transportés par l'ambiance poétique, se laissaient aller à leurs propres créations, certains avec hésitation, d'autres avec un élan de confiance nouveau. Il y avait des poèmes sur la beauté fugace de l'écume artistique du latte, des sonnets évoquant les discussions animées des amis réunis, et même des haïkus célébrant la simplicité d'un moment solitaire avec un café noir.

Monsieur Bernard, le cœur du café, écoutait chaque contribution avec une tendresse paternelle, son visage buriné s'illuminant de fierté à chaque nouvelle rime. Il offrait à chaque poète un signe de tête respectueux, reconnaissant en eux l'esprit de Baer qui habitait désormais son établissement.

Le serveur, porteur de gâteaux et de cafés, se faisait discret, se déplaçant avec une douceur qui ne dérangeait pas les mélodies des mots. Chaque vers était accompagné du doux cliquetis des tasses, un accompagnement naturel aux rythmes de la poésie.

Le petit café devenait un recueil vivant, chaque client une page, chaque poème une empreinte indélébile de l'âme du village. Et dans ce chapitre de leur histoire partagée, Emma et Samuel étaient des poètes parmi les poètes, deux esprits s'exprimant librement, deux cœurs battant à l'unisson avec la cadence poétique de leur cher café.

L'après-midi s'avançait, peignant de couleurs chaudes le cadre intime du Café de l'Espoir. C'était à présent l'heure de la cinquième épreuve, un atelier de création poétique où l'art du haïku était à l'honneur. Chaque participant devait capturer l'essence éphémère du moment présent dans la simplicité de trois lignes, un défi qui demandait autant de retenue que de clarté.

Emma s'approcha, son esprit déjà dansant avec les mots, les images et les sensations, tissant dans l'air un fil de pensées. Elle prit une profonde inspiration et laissa les murmures du café l'inspirer, ses lèvres murmurant doucement les vers avant de les partager :

«Brise matinale,
Dans la tasse, l'ombre danse,
Le jour s'éveille.»

Son haïku était un souffle, une caresse sur l'espace partagé, et la salle, dans un silence respectueux, s'imprégnait de l'image évoquée. La simplicité de son expression contrastait avec la profondeur de la scène qu'elle peignait, une vision presque zen du café dans la lumière du jour naissant.

Samuel, intrigué par cette forme d'art minimaliste, chercha à capturer l'atmosphère du café, à encadrer dans le cristal des mots la chaleur et la vie qui les entouraient. Il se racla la gorge, attirant l'attention de l'auditoire avant de déclamer :

«Rires en cascade,
Mousse de lait, cœur léger,
L'instant est parfait.»

Son haïku, offrant un contraste saisissant avec le style plus formel qu'on lui connaissait, fut accueilli par des hochements de tête et des sourires. Dans la concision de ses mots, il y avait une reconnaissance de la joie et de la convivialité qui remplissaient le café.

D'autres s'avançaient, timides ou audacieux, partageant leurs haïkus qui étaient autant de fenêtres ouvertes sur leur âme. Un enfant, avec la sincérité propre à la jeunesse, offrit :

«Chocolat chaud fume,
Douceur sur ma langue, joie,
Hiver s'adoucit.»

Et ainsi, se déroulait comme une mosaïque de moments capturés, de pensées distillées et d'émotions partagées.

Les haïkus, dans leur brièveté, devenaient de vastes paysages peints de mots, de petits univers où chaque syllabe comptait, chaque pause parlait et chaque souffle devenait partie de la toile commune.

Le Café de l'Espoir, pour un instant, était suspendu dans le temps, chaque haïku résonnant comme une note sur la partition de l'après-midi, créant une mélodie douce et contemplative qui serait longtemps chérie dans les cœurs des participants.

À mesure que le soleil déclinait, versant son or liquide à travers les vitres du Café de l'Espoir, le sixième acte de la journée prenait vie. C'était l'heure pour les participants de s'adonner à l'art délicat de l'écriture épistolaire, de renouer avec la tradition d'écrire des lettres à la main, une pratique presque oubliée dans la hâte moderne.

Emma, ses doigts délicats encerclant une plume élégante, penchait sa tête en concentration, ses yeux naviguant sur le papier vierge devant elle. Elle commençait à tracer des mots, une lettre destinée à l'avenir, un message pour les générations à venir sur la beauté et la fragilité de leur environnement actuel. Chaque mot était une graine, plantée avec espoir dans le jardin du lendemain.

«À vous qui lirez ces mots dans l'ère à venir,» écrivait-elle, «sachez que nous avons chéri les oiseaux qui chantaient et les arbres qui se tenaient fiers. Nous avons aimé cette terre, notre foyer, avec passion et avec crainte, car nous connaissions sa valeur inestimable.»

Samuel, à ses côtés, était absorbé dans une tâche similaire, sa lettre prenant la forme d'une méditation sur le temps et la mémoire, adressée à celui qu'il était autrefois. Avec une introspection poignante, il parlait du chemin parcouru, des rires partagés dans le café et des silences qui avaient parlé plus fort que les mots.

«Cher moi du passé,» rédigeait-il, «je voudrais te dire que les jours ne se sont pas perdus dans l'oubli. Chaque moment a été une pierre posée sur le chemin de notre histoire. Nous avons vécu, oh oui, et notre vivre résonnera longtemps après notre dernier souffle.»

Autour d'eux, d'autres clients s'engageaient dans cette danse de l'encre et du papier, leurs lettres devenant des capsules temporelles, des fragments de l'âme destinés à voyager au-delà des limites de leur existence actuelle. Certains écrivaient avec nostalgie à des amis partis, d'autres avec tendresse à des amours qui fleuriraient peut-être, et quelques-uns avec humour à eux-mêmes dans le futur, espérant qu'ils auraient trouvé les clés du bonheur.

Le café s'était transformé en une salle de correspondance de l'ancien temps, où le grattage des plumes sur le papier formait un chœur discret mais puissant. Les lettres étaient des témoignages, des confessions, des éclats de rire capturés, des larmes séchées, une mosaïque de la vie elle-même.

La soirée enveloppait le Café de l'Espoir de son manteau étoilé tandis que la communauté se rassemblait, une cérémonie symbolique de plantation orchestrée par Emma. Cette activité, conçue pour incarner la croissance et le renouvellement, était l'essence même de ce que le café représentait : un lieu de racines profondes et de nouvelles floraisons.

Dans un coin tranquille du café, Emma avait installé un petit espace vert, une oasis miniature où la terre riche et fertile attendait. Elle avait disposé une variété de graines sur une table en bois rustique, chacune soigneusement étiquetée avec des noms évocateurs tels que «Espoir», «Harmonie», et «Renaissance». À côté, de petits pots en terre cuite alignés comme une chorale silencieuse étaient prêts à recevoir les promesses de vie.

«Chaque graine est un engagement pour l'avenir,» expliquait Emma à l'assemblée attentive. «Un pacte que nous faisons avec la terre – pour nourrir, chérir et voir grandir.» Sa voix, imprégnée de sa passion pour la nature, transformait chaque parole en un serment solennel.

Samuel, à ses côtés, admirait la détermination d'Emma, la manière dont elle touchait la terre, douce et respectueuse, comme si elle établissait une connexion sacrée avec chaque grain. Il observait les mains d'Emma, leurs gestes délicats semblant danser avec la poussière d'étoiles tombée du ciel nocturne pour reposer sur le sol.

Emma choisissait une graine, la tenait entre ses doigts comme un précieux trésor. «Cette graine,» disait-elle, «représente la satisfaction, non pas celle des accomplissements éphémères, mais celle profonde qui vient de voir quelque chose que vous avez planté, prendre racine et s'épanouir.» Elle la déposait doucement dans un pot, ses mouvements un rituel, chaque action chargée de signification.

Les spectateurs, émus par la cérémonie, étaient invités à participer. Un par un, ils venaient, choisissant leur graine, et avec l'aide d'Emma, ils commençaient leur propre rite de plantation. Les enfants, les yeux grands ouverts d'émerveillement, s'appliquaient avec sérieux à la tâche, tandis que les plus âgés souriaient, peut-être rappelés à des souvenirs de jardins passés.

Le café était rempli des sons de la terre remuée, des chuchotements des feuilles futures, et des aspirations silencieuses pour les bourgeons à venir. Chaque pot était étiqueté avec soin, chaque graine était arrosée avec espoir, chaque participant prenait un moment pour envisager la croissance qui suivrait.

Lorsque la cérémonie se termina, une mosaïque de pots garnissait les étagères du café, un jardin en devenir qui serait témoin des saisons qui passent. Emma, se tenant au milieu de cette création collective, sentait en elle la satisfaction d'une œuvre bien faite, la joie silencieuse d'un jardinier qui a semé non seulement des graines, mais aussi des rêves.

Cet épisode se clôturait sur cette image puissante : Emma, entourée des fruits de leur labeur commun, le Café de l'Espoir transformé en une serre de potentiel. Ce n'était pas seulement la terre qui avait été ensemencée ce soir-là, mais aussi les cœurs de tous ceux qui avaient pris part à l'acte simple et profond de planter une graine.

Le crépuscule, avec ses doigts de rose et d'or, effleurait doucement les vitres de notre petit café, tandis que la communauté s'attardait autour de la nouvelle installation végétale d'Emma. La soirée s'annonçait comme un moment de réflexion et de partage, une opportunité pour chacun d'exprimer ce que la croissance et le renouveau signifiaient pour eux.

Emma, prenant une pause dans l'animation, observait le tableau paisible qui se dévoilait devant elle : les pots alignés, la terre encore humide de leur arrosage récent, les graines en sommeil sous la surface, attendant patiemment leur heure pour percer vers la lumière. Il y avait dans ce silence un poème muet, une ode à la persévérance et à la patience, des vertus souvent négligées dans le tourbillon de la vie quotidienne.

Samuel, inspiré par l'atmosphère contemplative, proposa une activité qui capturait l'esprit du moment. «Pourquoi ne pas écrire nos pensées ?» suggéra-t-il. «Un mot, une phrase, un souhait pour ces graines que nous avons plantées.» Sa voix, empreinte d'une douce gravité, invitait à la méditation.

Les tables du café se transformèrent en autant de papiers et de stylos furent distribués, et les clients commencèrent à griffonner, penchés sur leur tâche avec une concentration respectueuse. Emma écrivit : «Que chaque graine soit le symbole de notre capacité à changer, à évoluer, à devenir plus que ce que nous étions hier.»

Les autres suivaient, chacun plongé dans ses pensées. Il y avait des vœux pour la paix, des espoirs pour l'amour, des résolutions pour de nouvelles habitudes plus vertes. Un jeune couple écrivait ensemble, leurs mains se touchant sur le papier : «Pour que notre amour grandisse, fort et résilient, comme ces plantes.»

Samuel, observant le spectacle, nota ses propres mots, un témoignage de sa philosophie : «Dans le jardin de l'esprit, que la curiosité fleurisse et que la sagesse porte ses fruits.» Chaque phrase ajoutée était un fil dans le tissu de la communauté, chaque souhait était une couleur dans le kaléidoscope des aspirations partagées.

Une fois leurs pensées consignées, les participants attachèrent délicatement leurs papiers aux pots correspondants, transformant le jardin d'intérieur en un arbre à souhaits, un lieu où les mots étaient plantés aux côtés des graines, où les espoirs poussaient en tandem avec les futures plantes.

Ce moment se concluait dans une atmosphère emplie de la magie de l'introspection et de l'espoir. Le café, en cette soirée anniversaire, n'était pas simplement un lieu de restauration, mais un espace sacré où la communauté venait nourrir non seulement son corps, mais aussi son âme. Emma et Samuel, et tous les autres, avaient créé bien plus qu'un jardin : ils avaient semé les graines de l'avenir, dans la terre et dans les cœurs.

Dans notre lieu authentique, le crépuscule déployait son voile, tamisant la lumière et adoucissant les sons. C'était l'heure où les cœurs se détendent et où les esprits, nourris de café et de conversation, se laissent aller à la rêverie. Emma, assise à sa table habituelle, observait les clients avec une douceur dans le regard, comme si elle cherchait à capturer chaque scène dans une toile invisible.

Au centre du café, Samuel, dont les traits étaient souvent l'écho silencieux de mondes intérieurs complexes, affichait un sourire étonnamment enfantin. Un rire s'échappait de ses lèvres, un son clair et libérateur qui semblait danser avec les notes de la musique douce qui s'échappait des enceintes.

L'origine de ce rire ? Un habitué du café, connu pour ses anecdotes colorées, venait de trébucher sur un jeu de mots, transformant une banalité en un quiproquo des plus divertissants. La salle entière avait accueilli la gaffe avec une hilarité généreuse, et, chose rare, Samuel s'était joint au concert de rires.

Pour Emma, ce moment était d'une beauté poignante. Elle savait que pour Samuel, chaque interaction sociale était un chemin semé d'embûches, chaque échange un défi. Mais là, sous la lueur chaleureuse des ampoules suspendues, les barrières semblaient s'estomper. Le rire, dans sa pureté et son universalité, devenait un langage commun, une clé qui ouvrait toutes les portes, même celles que Samuel trouvait souvent closes.

Les autres clients, touchés par l'éclat de rire de Samuel, se tournaient vers lui avec des sourires bienveillants. La joie, cet élixir précieux, infusait l'espace, réchauffant les cœurs. C'était comme si le café tout entier vibrait d'une nouvelle énergie, une onde de bien-être qui unissait chaque âme présente.

Et alors, sans préambule, Emma se leva. Sa voix, portée par une impulsion soudaine, se mit à réciter un poème spontané, inspiré par le moment :

«Voici le rire, éclat de vie,
Qui brise le silence, repousse l'ennui.
Dans un souffle partagé, il s'envole et unit,
Tous les cœurs ici présents, dans l'instant embelli.

Regardez notre Samuel, souvent en retrait,
Son sourire aujourd'hui, franchit tous les paliers.
C'est un pont, c'est un lien, c'est un doux secret,
Qui nous rappelle que chacun, peut dans la joie, s'ancrer.

Café de nos passions, de nos amitiés,
Ton ambiance nous porte, nous invite à rêver.
Aujourd'hui, tu témoignes de la beauté cachée,
Dans les éclats de rire, dans les regards croisés.»

Le silence qui suivit fut celui de l'émerveillement. Puis, les applaudissements éclatèrent, non seulement pour la poésie d'Emma, mais pour l'instant de communion qu'ils venaient tous de partager.

Le Café de l'Espoir était un lieu où les masques tombaient, où les âmes se rencontraient. Et ce soir, le rire de Samuel était devenu la plus belle des rencontres. Les rires avaient tissé entre eux une toile de solidarité et d'amitié. Samuel, qui avait souvent marché seul sur le chemin de sa vie intérieure, découvrait que le rire était une passerelle vers les autres, un moyen de traverser les eaux parfois agitées de l'autisme.

La nuit enveloppait désormais le café, mais à l'intérieur,

la lumière brillait plus fort que jamais. Elle était dans les yeux d'Emma, dans le rire de Samuel, dans la chaleur des mains qui se serraient. Le Café de l'Espoir était bien plus qu'un simple lieu de restauration ; c'était un espace où la vie prenait tout son sens, où chaque personne, quelles que soient ses luttes, trouvait une place et un moment pour simplement être.

Alors que la nuit enveloppait doucement le Café de l'Espoir dans son étreinte étoilée, le dernier événement de la journée débutait, apportant avec lui une atmosphère de douce révérence. C'était le moment de clôture des festivités, le point 10, une veillée où chacun était invité à partager un souhait, une pensée, un espoir pour l'avenir, accompagné d'une bougie allumée.

Emma, avec son cœur d'activiste et son âme de poète, avait préparé un petit autel temporaire sur une table à l'écart, où trônaient des bougies de cire d'abeille prêtes à être allumées. Chaque flamme serait un symbole, une lumière guide pour les aspirations de chacun. «Faisons de ce lieu une constellation d'espoirs,» avait-elle murmuré à Samuel.

Samuel, ému par cette initiative, se tenait à ses côtés, une bougie à la main. Il avait écrit quelques mots sur un morceau de papier qu'il avait l'intention de lire à haute voix. Ses paroles étaient une méditation sur le temps, sur l'importance de l'instant présent et sur la beauté des liens tissés dans la communauté du café.

Les clients, touchés par l'intimité du moment, se rapprochaient doucement de la table, chacun prenant une bougie et réfléchissant à son souhait. La lueur des flammes commençait à grandir, un spectacle silencieux mais puissant, tandis que les visages étaient éclairés par une lumière tremblante qui ajoutait une touche de sacré à l'atmosphère.

Emma alluma sa bougie et partagea son souhait : «Pour un monde où chaque personne, chaque créature, chaque plante est respectée et chérie, où nos actions aujourd'hui façonnent un demain plus vert et plus juste.» Sa voix, pleine d'émotion, résonnait dans le calme du café.

Samuel, inspiré par le rituel, lut son message : «Que la sagesse de nos expériences passées illumine le chemin de nos futurs pas, nous guidant vers des lendemains où le partage et la compréhension sont les pierres angulaires de notre existence.» Son souhait, empreint de sincérité, semblait presque une prière.

Un à un, les autres partageaient leurs vœux, parfois avec des voix assurées, parfois avec des murmures hésitants, mais toujours avec la même intensité. Il y avait des souhaits pour la santé, pour le bonheur, pour la réussite des enfants, pour la paix dans le monde. Chaque parole était accompagnée par l'allumage d'une bougie, chaque flamme ajoutant sa lumière à la constellation grandissante sur la table.

La pièce s'était transformée en un sanctuaire de lumière et d'espoir, où les différences s'estompaient devant la communion des aspirations. C'était un tableau vivant, une œuvre d'art éphémère façonnée par la communauté elle-même.

Le Café de l'Espoir avait été, le temps d'une journée,

le réceptacle des rires et des rêves, un lieu où les cœurs s'étaient ouverts et où les esprits s'étaient rencontrés. Et alors que les bougies continuaient de brûler, projetant leurs ombres dansantes sur les murs, Emma et Samuel, comme tous les autres, savaient qu'ils avaient participé à quelque chose de spécial, quelque chose d'inoubliable, une véritable célébration de la communauté et de l'esprit humain.

Des fleurs
sur le pavé

Au cœur du village, le petit Café est un tableau vivant où se mêlent les parfums du matin et les rires des enfants. Ce matin d'été, une table est dédiée à la planification du jardin, une carte au trésor pour l'âme, s'étalant sous les yeux des visiteurs. C'est là que la journée commence, avec Emma et Samuel penchés sur les plans détaillés du futur jardin, leurs doigts suivant les lignes tracées avec soin qui bientôt guideront le regard et le pas.

Emma, l'esprit enflammé par l'ambition de voir son rêve écologique s'épanouir, tient dans ses mains le plan du jardin comme on tiendrait un précieux manuscrit. «Voici l'allée des pensées,» dit-elle, pointant vers un chemin sinueux prévu pour la méditation. «Et là, un bosquet de lavande pour les abeilles, et ici, un coin de repos où le bleuet et le coquelicot salueront le soleil.»

Samuel, l'observateur attentif, acquiesce en marquant les zones dédiées à la contemplation et à la biodiversité. «Chaque plant, chaque fleur, doit être un vers dans notre poème à la nature,» répond-il, sa voix teintée d'une passion retenue qui se nourrit de la beauté de l'ordonnancement devant eux.

Les autres habitués s'approchent, curieux et désireux de participer. Un vieux monsieur aux yeux pétillants de malice propose un coin d'herbes aromatiques. «Pour que le parfum de notre jardin puisse aussi régaler nos palais,» suggère-t-il avec un sourire. Une jeune mère, tenant son enfant par la main, désigne un espace ensoleillé pour les tournesols. «Ils seront comme des phares,» dit-elle, «attirant le regard et échauffant les cœurs.»

La carte se dessine, non seulement comme un guide pour l'aménagement mais comme une invitation au voyage. C'est une projection de l'esprit communautaire, un tracé de l'engagement collectif, où chaque plante et chaque sentier sont choisis non seulement pour leur esthétique mais aussi pour leur capacité à nourrir l'âme du village.

Emma et Samuel, dans leur dialogue, échangent des idées qui vont au-delà du simple jardinage. Ils parlent de la terre comme d'un canevas, où l'on peint avec des graines et de l'eau, dans l'attente que la toile s'anime en un spectacle de couleurs et de vie.

Ce n'est pas simplement la planification d'un espace vert ; c'est la genèse d'un projet plus grand, une œuvre collective qui voit dans chaque détail la promesse d'un futur harmonieux. C'est le début d'un chant d'amour à la terre, une ode qui s'écrit avec l'encre verte des plantes et le souffle du vent dans les branches.

Et tandis que la matinée se déroule, le jardin prend forme dans l'imagination de tous, une anticipation partagée qui pousse chaque visiteur à voir dans le café non pas un simple refuge, mais un portail vers un monde où l'homme et la nature coexistent en paix. Emma, avec son enthousiasme rayonnant, et Samuel, avec sa réflexion mesurée, sont les architectes de ce rêve, guidant la communauté sur le chemin de la réalisation.

C'est un matin où la rosée embrasse encore la terre, où les oiseaux chantent l'hymne de l'aurore, et où Emma et Samuel, accompagnés des premiers volontaires, se retrouvent pour transformer le papier en terreau, les rêves en action.

Les mains d'Emma, souvent vues tenant des tracts et des crayons, sont aujourd'hui plongées dans la terre. Elle creuse, plante, et arrose avec une tendresse qui n'appartient qu'aux jardiniers, ceux qui comprennent que chaque graine est un pacte avec l'avenir. «Le toucher de la terre est une vérité,» dit-elle, «un rappel de notre propre nature, un retour aux origines où tout est plus simple, plus vrai.»

Samuel, à ses côtés, découvre une nouvelle facette de lui-même. Les philosophies qui l'ont longtemps habité prennent forme dans l'humus et les racines. Il ressent une connexion primordiale en plongeant ses mains dans le sol frais, une communion avec le cycle de la vie qui l'entoure. «C'est comme toucher la réalité,» murmure-t-il, «sentir la pulsation de la vie sous mes doigts.»

Autour d'eux, les enfants du village s'amusent à jouer les jardiniers en herbe. Leurs petites mains s'efforcent de suivre les instructions, parfois maladroitement, mais toujours avec enthousiasme. Ils apprennent le respect de la croissance, la patience requise pour voir émerger la première pousse d'une plante. C'est une leçon vivante, bien plus parlante que les mots.

Le jardin se remplit peu à peu de nouvelles plantations. Chaque trou creusé est une promesse, chaque graine déposée est un espoir. Les volontaires travaillent en harmonie, riant des taches de terre sur les visages, des erreurs commises et aussitôt corrigées. C'est une complicité qui s'épanouit, un sentiment de fraternité qui se renforce avec chaque coup de pelle et chaque arrosoir vidé.

Les défis ne manquent pas. Un sac de terreau se déverse inopinément, une rangée de semis est mal alignée, mais chaque petit contretemps est accueilli avec bonne humeur. «Ce sont les petites tempêtes de notre jardin,» plaisante Emma, «elles nous enseignent à être résilients, à nous adapter.» Et dans ces moments, la solidarité se manifeste, chaque main se tendant pour aider, chaque sourire encourageant à persévérer.

C'est l'expérience partagée de donner vie à un jardin, de voir le désir de beauté et d'harmonie prendre forme sous leurs yeux. Pour Emma et Samuel, c'est un nouveau chapitre dans leur relation, une page qui se remplit de souvenirs, d'éclats de rire, et de la satisfaction profonde de voir la réalité se teinter des couleurs de leurs rêves.

Dans l'écrin verdoyant qui bordait le Café de l'Espoir, l'air empli des promesses du jardin prenait des teintes de connivence et d'intimité croissante entre Emma et Samuel. Leur collaboration avait germé et fleurissait désormais sous les auspices d'un printemps clément, se traduisant par un langage de regards complices et de sourires échangés au-dessus de rangées de jeunes pousses.

Leurs mains, une fois dédiées à des tâches si dissemblables, se mouvaient désormais dans une harmonie parfaite, orchestrant la symphonie du jardinage. Emma, l'activiste à la main verte, guidait Samuel, le philosophe aux mains autrefois réservées aux livres, à travers les nuances de la botanique pratique. Le terreau sous leurs ongles était un testament à leur travail partagé, à la tangible réalité de leur lien qui s'approfondissait au-delà des mots et des idées.

Les sourires spontanés d'Emma, engendrés par les petits accidents jardiniers de Samuel, résonnaient avec une gaieté sincère, démentant l'image stoïque qu'elle portait parfois comme un bouclier. Samuel, se trouvant dans le rire et la légèreté de l'instant, découvrait le plaisir simple d'une éclaboussure d'eau ou de la surprise d'un plant de tomate déterminé à pousser là où il n'était pas censé.

Les enfants du village, disciples enthousiastes de ce duo improbable, apportaient leurs contributions juvéniles au jardin. Avec une gravité qui trahissait leur jeune âge, ils suivaient les exemples d'Emma, la gardienne de la croissance, et de Samuel, le conteur des cycles de vie.

Leurs petites plantations, alignées avec une attention méticuleuse, étaient des échos miniatures des plus grands desseins du jardin.

L'interaction entre Emma et Samuel, enrichie par la présence vibrante de la jeunesse, était une métaphore vivante de la croissance organique, de la manière dont les relations humaines, tout comme les jardins, nécessitent patience, soin et, parfois, la capacité à s'adapter à des résultats inattendus. Leur complicité était devenue la nourriture véritable pour les âmes assemblées, une leçon que même les saisons de l'existence pouvaient être cultivées avec amour et attention.

Et dans ce jardin, non seulement les plantes mais aussi les affections prenaient racine, s'étendant et s'entrelaçant sous la surface, préparant le sol pour des floraisons futures de camaraderie et d'interdépendance, annonçant un été de relations épanouies et de solidarité partagée.

Le jardin du Café de l'Espoir se peuplait d'une énergie nouvelle alors que les enfants du village, ces petits jardiniers en herbe, se joignaient avec enthousiasme à l'entreprise florale. Avec des tabliers trop grands drapant leurs corps et des chapeaux de paille coiffant leurs têtes, ils formaient une brigade colorée, prête à affronter la tâche avec une détermination qui n'avait d'égale que leur candeur.

Emma s'était improvisée éducatrice pour l'occasion, guidant les jeunes pousses humaines avec autant de soin qu'elle en apportait aux plantes. Elle leur montrait comment creuser la terre sans brutalité, comment déposer délicatement les graines comme si elles étaient de fragiles trésors, et comment l'eau, donnée avec parcimonie, était la promesse de vie. Les enfants l'écoutaient, absorbant ses paroles comme la terre s'imprégnait de l'eau, avec une soif d'apprendre.

Samuel, de son côté, trouvait dans les questions innocentes des enfants un écho à ses propres interrogations philosophiques. Leur curiosité sans fin le poussait à envisager le monde à travers une lentille de merveille et de découverte. Il les encourageait, partageait leurs joies à la vue d'une graine germant et leurs tristesses lorsqu'une plante flétrissait.

Sous le regard bienveillant de Samuel et Emma, un jardin miniature prenait forme, une parcelle spécialement conçue pour être à la hauteur des enfants. Ils y plantaient des fraises et des capucines, choisissant instinctivement des plantes qui offraient à la fois une récompense immédiate et une beauté éclatante.

La journée passait, et les petits bras se fatiguaient, mais la fierté dans leurs yeux brillait avec une intensité croissante. Leur travail était le témoignage de leur engagement et de leur participation à la vie du café. Ils avaient arrosé, planté, et même chanté pour les plantes, dans l'espoir secret que leur mélodie accélérerait la croissance.

En fin de journée, les enfants, sales mais exultants, regardaient le résultat de leurs efforts. Le jardin était devenu leur espace, un lieu où chaque fleur, chaque feuille, racontait une histoire, celle de petites mains créant quelque chose de grand. Emma et Samuel, observant le tableau, savaient que les graines de l'enseignement qu'ils avaient plantées aujourd'hui germeraient dans ces jeunes esprits, grandissant en arbres de savoir et de respect pour la nature.

Dans le sillage des efforts collectifs du jardin, le Café de l'Espoir et ses jardiniers rencontrent inévitablement des obstacles. Des tempêtes soudaines balaient le village, menaçant de déraciner les jeunes pousses et de noyer les plantations soigneusement alignées. Emma et Samuel, confrontés à ces défis, trouvent dans ces petites tempêtes de la vie une métaphore de la persévérance humaine.

Un matin, alors que les nuages s'amoncellent menaçant au-dessus du café, les premières gouttes de pluie commencent à tomber, douces au début, puis de plus en plus tenaces. Les enfants courent se mettre à l'abri, leurs rires se mêlant au bruit croissant de la pluie sur les toits. Emma, les bras croisés sur la poitrine, regarde le ciel avec appréhension. Samuel, à ses côtés, reste stoïque, ses pensées semblant osciller entre la résignation de Schopenhauer et l'acceptation de Spinoza.

La pluie se transforme en déluge, et le jardin, leur œuvre commune, est menacé. Emma sent monter en elle une vague de découragement. Tant de travail, tant d'espérance, tout cela risquait d'être balayé en un instant par les caprices d'une nature qu'elle chérissait tant. Samuel, percevant son trouble, pose une main réconfortante sur son épaule. «La nature,» dit-il, «nous enseigne que la destruction précède souvent la création. Ce que nous perdons aujourd'hui, nous le regagnerons demain, d'une manière ou d'une autre.»

Ils s'engagent ensemble, avec l'aide des habitués du café, dans un ballet frénétique pour sauver ce qui peut l'être. Des bâches sont étirées en hâte au-dessus des plates-bandes les plus vulnérables, les pots les plus lourds sont déplacés à l'intérieur, et les eaux sont détournées avec des rigoles improvisées. C'est un combat acharné contre les éléments, un affrontement où la solidarité du village devient leur plus grande force.

Les heures passent et la pluie finit par céder. Le ciel s'éclaircit, révélant un jardin certes échevelé, mais toujours debout. Les dommages sont là, certains irréparables, mais l'esprit du Café de l'Espoir est intact. Les villageois, épuisés mais souriants, se retrouvent autour de tasses de café chaud, partageant leurs histoires de cette petite tempête qui n'aura pas eu raison de leur détermination.

Emma, observant les dégâts, se surprend à sourire. «Regardez,» s'exclame-t-elle, pointant vers un rosier qui, malgré la force de la pluie, a gardé toutes ses fleurs. «La résilience est la plus belle des fleurs.» Samuel hoche la tête, un sourire philosophique aux lèvres. «Et c'est dans l'adversité que l'on reconnaît la véritable force d'une communauté.»

Le jardin se remettra. Ils se remettront tous. Car dans chaque tempête, il y a une leçon, et dans chaque leçon, il y a un germe de croissance. Emma et Samuel, main dans la main, se promettent de reconstruire, de replanter, de redonner vie à ce jardin qui est devenu le symbole de leur résilience commune et de l'esprit indomptable du Café de l'Espoir.

Après la tempête, le jardin du Café de l'Espoir portait les stigmates de l'assaut climatique, mais aussi les signes d'une résilience inattendue. Les villageois, témoins de cette lutte contre les éléments, se rassemblèrent spontanément, apportant soutien et solidarité. Ce fut la manifestation d'une oasis de soutien, révélant l'entraide qui prospérait au sein de cette communauté soudée.

Des mains se tendirent avec des outils, des mots d'encouragement furent partagés, et des enfants, avec une innocence touchante, apportèrent des semis qu'ils avaient soigneusement cultivés chez eux. «Pour aider le jardin à se remettre,» expliquaient-ils avec sérieux. Cet acte de bienveillance rappela à tous que, dans le cœur des plus jeunes, se trouvaient des graines de compassion prêtes à fleurir.

Emma, les yeux humides mais brillants d'espoir, organisait les efforts de réparation avec une énergie renouvelée. «Chaque plant remis en terre est un acte de foi en l'avenir,» proclamait-elle, tandis que les villageois, formant une chaîne humaine, remplissaient de terreau frais les pots ébréchés et redressaient les tuteurs renversés.

Samuel, d'habitude si enclin à la contemplation, se retrouvait acteur dans cette renaissance. Il se faisait porteur d'eau, jardinier, ou simplement ami, offrant une oreille attentive à ceux qui avaient besoin de parler de la tempête et de ses impacts. Dans l'adversité, il découvrait une nouvelle facette de son lien avec la communauté, se sentant moins un observateur extérieur et plus un membre actif du tissu social.

La solidarité du village se manifestait de façons inattendues. Le boulanger apportait des paniers de viennoiseries pour nourrir les bénévoles, la bibliothécaire organisait une collecte de livres sur le jardinage pour inspirer de nouvelles idées, et le maître d'école proposait un projet de classe pour que les enfants apprennent l'importance de prendre soin de leur environnement.

Alors que le soleil déclinait, teintant le ciel de nuances de pourpre et d'or, le jardin retrouvait peu à peu sa splendeur d'antan. Des parterres restaurés, des allées dégagées, et surtout, des visages radieux témoignaient de la victoire de l'esprit humain sur les caprices de la nature. La communauté avait transformé un événement potentiellement dévastateur en une célébration de l'unité et de la résilience.

Cet après-midi-là, alors que le travail touchait à sa fin, Emma et Samuel se tenaient côte à côte, contemplant le jardin revivifié. Ils se rendaient compte que les liens qui s'étaient tissés ou renforcés ce jour-là étaient aussi essentiels que les plantes qui embellissaient le jardin. Le Café de l'Espoir n'était pas seulement un lieu de rencontre ; c'était le cœur battant de la communauté, un endroit où chaque individu pouvait trouver réconfort, force et soutien dans les autres.

Au fil des jours, sous le soleil généreux et les pluies nourricières, le jardin du Café de l'Espoir commença à montrer des signes de renaissance. L'engagement de la communauté avait payé : là où il y avait eu dévastation, la vie reprenait. Et c'était un matin, quand la rosée scintillait encore sur le vert tendre des feuilles, qu'Emma remarqua les premières fleurs timides émergeant du sol meurtri.

Ces bourgeons, courageux et déterminés, étaient le symbole d'une victoire partagée. Chaque pétale qui s'ouvrait était comme un trophée, une médaille décernée à la persévérance et à la solidarité du village. Emma convoqua Samuel pour qu'il partage cette découverte. Ensemble, ils se tenaient devant le spectacle, témoins de la force tranquille de la nature.

«Regarde, Samuel,» dit Emma avec une voix empreinte d'émerveillement, «c'est comme si chaque fleur était la matérialisation de nos espoirs.» Samuel acquiesça, ses yeux parcourant le jardin où chaque couleur nouvelle était une note dans une symphonie visuelle, un hymne à la résurrection et à l'espoir.

Les enfants du village, alertés par la nouvelle, accoururent pour voir les fleurs. Ils s'exclamaient de joie à chaque nouvelle découverte, à chaque nouvelle couleur qui éclatait au sein du vert. «C'est magique !» s'écriait un petit garçon, les yeux écarquillés d'étonnement devant la beauté simple d'une marguerite.

La nouvelle de la floraison se répandit comme une douce brise à travers le village. Les habitants venaient, un à un, admirer le travail de la nature et de la communauté.

Ils voyaient dans ce jardin un reflet de leur propre vie : parfois rude, parfois douce, mais toujours en mouvement, toujours en croissance.

Un après-midi, alors que le soleil déclinait, laissant place à la tiédeur d'un coucher de soleil rose et or, le café organisa une petite fête pour célébrer les premières floraisons. Les tables étaient dressées à l'extérieur, et les gens partageaient des gâteaux, des rires, et des histoires. La floraison des fleurs était devenue une métaphore de leur propre épanouissement en tant que communauté.

Ce soir-là, alors que les étoiles commençaient à percer le voile de la nuit, Emma et Samuel partageaient un banc dans le jardin. Ils parlaient peu, mais leurs silences étaient remplis d'une compréhension mutuelle. Ils étaient entourés de fleurs, de l'odeur de la terre, du murmure des feuilles, et du sentiment doux et puissant d'une victoire partagée.

Le jardin était un témoignage de leur voyage, un rappel que même après la tempête, même après les dégâts et les peines, il y avait toujours une possibilité de beauté et de renaissance. Et dans cette prise de conscience, ils trouvaient non seulement une satisfaction pour le travail accompli, mais aussi une gratitude profonde pour les liens qui les unissaient les uns aux autres, et à la terre qui continuait de donner, généreuse et vivante.

Alors que le jardin du Café de l'Espoir commençait à s'épanouir avec les premières floraisons, les fins de journée voyaient se tisser un autre type de floraison : celle de la convivialité et du partage. Les dîners improvisés, initiés par Emma, devenaient une tradition, réunissant autour des tables en bois ceux qui, quelques heures plus tôt, avaient les mains dans la terre.

Ces repas, concoctés à partir des contributions de chacun, étaient un mélange éclectique de saveurs et de récits. Des tartes salées aux légumes du jardin côtoyaient des quiches dorées et des salades croquantes garnies d'herbes fraîchement cueillies. Ces agapes reflétaient la diversité du village, chaque plat racontant l'histoire de son créateur, chaque bouchée une découverte.

Samuel, qui s'était découvert une passion inattendue pour la cuisine, surprenait souvent l'assemblée avec des créations audacieuses, mélangeant les saveurs avec une audace philosophique. «Chaque ingrédient est comme une idée,» expliquait-il en servant une de ses soupes parfumées, «seul, il peut briller, mais c'est dans l'union qu'il révèle tout son potentiel.»

Les enfants couraient entre les tables, leurs rires cristallins se mêlant aux claquements des verres et aux conversations animées. Ils étaient les véritables fleurs de ces soirées, leur joie et leur innocence insufflant une vitalité contagieuse à l'ensemble.

Emma, observant le tableau avec une tendresse maternelle, voyait plus qu'une simple réunion autour d'un repas. C'était la formation d'une famille élargie, un groupe disparate uni par l'amour du jardin et la chaleur de l'amitié. Elle trouvait dans ces moments un écho de la famille recomposée, un concept qu'elle avait longtemps considéré avec une certaine réserve mais qu'elle embrassait maintenant avec tout son cœur.

Les rires et les discussions s'étendaient souvent jusqu'à ce que le ciel se pare de ses plus belles teintes nocturnes. Les lumières tamisées du café et les bougies scintillantes sur les tables créaient une atmosphère intime, un cocon de lumière dans la nuit naissante. C'était dans cette ambiance que les liens se resserraient, que les nouveaux venus étaient accueillis dans la ronde, et que les anciennes rancœurs s'apaisaient.

Ces dîners étaient aussi un moment d'apprentissage, où les générations échangeaient savoirs et expériences. Les plus anciens racontaient des histoires du temps passé, tandis que les jeunes partageaient leurs rêves pour l'avenir. Chaque repas était une célébration de la vie dans sa richesse et sa complexité.

Au Café de l'Espoir, ces dîners improvisés étaient devenus bien plus qu'une habitude. Ils étaient le symbole d'une communauté qui se reconstruisait, se redéfinissait, et grandissait ensemble. Ils étaient une affirmation que, malgré les tempêtes et les aléas de la vie, le partage et l'amour pouvaient fleurir sur les pavés, aussi sûrement que les fleurs dans le jardin.

L'apprentissage mutuel s'épanouissait au Café de l'Espoir, nourri par les dîners partagés et les journées passées à cultiver le jardin. Emma et Samuel, chacun porteur d'une sagesse propre, découvraient les plaisirs de l'enseignement et de l'apprentissage inversé. Ce n'était plus seulement une question de transmettre des connaissances, mais de partager des expériences de vie, d'échanger des rôles et de s'enrichir mutuellement.

Au fil des rencontres, Emma, avec sa sensibilité écologique et son pragmatisme, apprenait à Samuel l'art de vivre en harmonie avec la nature, à reconnaître les cycles des saisons non seulement dans le jardin mais dans les nuances de la vie elle-même. Elle lui enseignait à trouver l'équilibre entre l'action et la réflexion, entre l'engagement pour la terre et le temps consacré à la contemplation.

Samuel, en retour, invitait Emma dans les méandres de la pensée philosophique, lui offrant une perspective différente sur les problèmes du quotidien. Ensemble, ils exploraient les concepts de désir et d'amour, non seulement dans le sens romantique mais comme des forces motrices de l'existence humaine. Il lui montrait comment chaque pensée pouvait être un jardin à cultiver, chaque idée une graine à semer dans l'esprit fertile de l'autre.

Les enfants du village, souvent témoins de ces échanges, étaient attirés par cette dynamique d'apprentissage. Ils voyaient en Emma et Samuel des modèles de curiosité et de passion, apprenant d'eux que chaque jour est une occasion d'apprendre quelque chose de nouveau, que chaque interaction est une chance de grandir.

Les soirées étaient parfois ponctuées de petites conférences improvisées, où Emma partageait ses connaissances sur les écosystèmes, sur la façon dont chaque plante, chaque insecte jouait un rôle essentiel dans le jardin de la biodiversité. Samuel, quant à lui, organisait des discussions ouvertes sur des sujets variés, des mystères de l'univers aux grandes questions éthiques, transformant le café en un forum où toutes les voix pouvaient être entendues.

Ces moments d'apprentissage mutuel étaient des occasions de voir le monde à travers les yeux de l'autre, de comprendre que chaque perspective est unique et précieuse. Ils découvraient que dans la diversité de leurs expériences et de leurs savoirs résidait une richesse incommensurable, un trésor d'humanité qui ne demandait qu'à être exploré.

Alors que les rôles s'inversaient naturellement, Emma devenant parfois la philosophie et Samuel le jardinier, ils comprenaient que l'apprentissage était un chemin sans fin, et que chaque pas sur ce chemin était un pas vers une compréhension plus profonde d'eux-mêmes et du monde autour d'eux.

Dans le jardin d'amour qui fleurissait sous leurs soins, les roses n'étaient pas les seules à grandir ; leurs âmes aussi se déployaient, s'ouvrant comme des bourgeons sous le soleil de la connaissance partagée et de l'affection mutuelle.

Alors que la nuit descendait sur le village, une tranquillité sereine enveloppait le Café de l'Espoir. Les soirées, autrefois simples pauses dans l'agitation quotidienne, étaient devenues des réunions sacrées sous le regard argenté de la lune. Le jardin, un témoin silencieux des journées animées, se transformait en un sanctuaire de paix, où les ombres des plantes dansaient doucement au rythme de la brise nocturne.

Emma et Samuel se retrouvaient souvent les derniers

dans ce havre verdoyant, profitant de la quiétude pour réfléchir et partager les pensées du jour. Leur conversation coulait paisiblement, comme le ruisseau dans le jardin, et les silences entre eux étaient chargés d'une compréhension mutuelle qui n'avait besoin d'aucune parole.

Autour d'eux, la vie du jardin continuait discrètement. Les fleurs nocturnes déployaient leurs pétales, exhalant des parfums capiteux qui se mêlaient à la fraîcheur de l'air. Les insectes nocturnes entamaient leur symphonie du soir, un concerto délicat qui célébrait la vie dans toutes ses dimensions.

La lune, toujours présente, éclairait la scène de sa lumière douce et rassurante. Elle était le témoin de ce jardin d'amour, non seulement l'amour romantique que l'on trouve dans les poèmes et les chansons, mais l'amour plus profond et plus riche qui se cultive avec le temps et l'attention : l'amour pour la terre, pour la communauté, pour la connaissance et pour la croissance partagée.

Dans la pénombre, Emma trouvait une symbolique dans la présence constante de la lune. «Elle est comme le vrai amour,» disait-elle à Samuel, «pas toujours visible en plein jour, parfois seulement un croissant lointain, mais toujours là, même quand on ne la voit pas, guidant les marées de nos cœurs.»

Samuel, écoutant, acquiesçait en contemplant les étoiles. «Et comme notre jardin,» ajoutait-il, «elle a ses phases, ses saisons. Elle grandit, décroît, mais reste une constante dans notre ciel, un phare pour les navigateurs de l'âme.»

Ensemble, ils se promenaient le long des sentiers du jardin, leurs pas doux sur le sol, leurs mains parfois se frôlant, parfois se tenant. Ils parlaient de l'avenir, de leurs espoirs pour le café, pour le jardin, pour les enfants qui y avaient planté leurs rêves. Ils discutaient des leçons apprises, des défis surmontés et des victoires célébrées.

Cette communion sous la lune était la promesse d'un nouveau jour à venir, d'un jardin qui continuerait à grandir, et d'une relation qui s'épanouirait avec lui. C'était le point culminant de leur journée, le moment où tout semblait possible, où le monde s'arrêtait un instant pour les laisser respirer, rêver et être.

Le jardin du Café de l'Espoir n'était pas seulement un lieu de beauté et de biodiversité ; c'était un lieu de liens et d'apprentissage, un espace où les gens venaient pour donner et recevoir, pour enseigner et apprendre, pour aimer et être aimés. Et chaque soir, sous le regard bienveillant de la lune, ce jardin d'amour s'enrichissait, promettant encore plus de couleurs, plus de vie et plus d'amour avec chaque lever de soleil.

La déclaration inattendue

Samuel arpentait le chemin pavé menant au Café de l'Espoir, un combat intérieur se jouant dans l'ombre de ses pensées. Sous le ciel changeant, son esprit était une mer agitée par les marées de l'introspection, chaque vague une réflexion sur ses sentiments croissants pour Emma. Il luttait contre le courant de son désir, une force jusqu'alors contenue par la raison et la volonté.

Ses pas résonnaient sur les pavés, un écho à ses propres questions internes. Il se demandait, à la manière de Sartre, si ses sentiments étaient un chemin vers une liberté authentique ou un piège de la contingence. Le désir pouvait-il être vrai s'il s'opposait à l'indépendance de son être? Était-ce l'enfer ou le paradis qui l'attendait dans l'embrasement de cette nouvelle affection?

Dans le café, son refuge, il s'installait avec son habituel

café noir, la tasse fumante entre ses mains devenant un autel temporaire pour ses méditations. Comme Spinoza le préconisait, il cherchait à comprendre ses émotions, non pour les annihiler mais pour les intégrer à une vie guidée par la raison et l'entendement. Mais la passion, telle que Schopenhauer la dépeignait, était une volonté vivante en lui, poussant contre les digues de sa discipline. Samuel scrutait les gens autour de lui, leurs interactions, leurs sourires faciles, leur capacité à s'abandonner à la spontanéité de leurs affections. Il enviait leur liberté émotionnelle, leur aisance à naviguer les flots du désir sans crainte de s'y noyer. Pourtant, il sentait que se dérober à la vague de ses sentiments pour Emma serait renier une partie essentielle de lui-même, un déni de son humanité profonde.

Chaque jour qui passait, chaque conversation avec Emma, chaque moment partagé à rire avec les enfants ou à planter de nouvelles semences dans le jardin, gravait en lui une vérité inéluctable. Il ne pouvait plus ignorer l'appel du désir, cette aspiration profonde à connecter, à partager, à aimer. C'était un éveil, une floraison interne qui demandait à être reconnue, à être vécue.

La lune montait dans le ciel, éclairant la terrasse du café où Samuel restait assis, se perdant dans le labyrinthe de ses pensées. Les étoiles, témoins silencieuses de son tourment, brillaient d'un éclat qui semblait l'encourager à accepter le tumulte de son cœur. Cette nuit-là, il prit sa décision : il ne lutterait plus contre les marées, mais apprendrait à les chevaucher. Demain, il parlerait à Emma, partagerait la vérité de son cœur, et verrait où ces eaux longtemps refoulées le mèneraient.

Dans le café qui résonnait des échos habituels du quotidien, il y avait un silence qui parlait plus fort que les conversations environnantes. Les mots non-dits entre Emma et Samuel, suspendus dans l'air comme des feuilles en attente d'une brise, pesaient lourd sur l'atmosphère. Ils se mouvaient l'un autour de l'autre, leurs gestes mesurés, leurs regards furtifs, mais le poids de leur silence était presque tangible.

Samuel, assis à sa table de coin, feuilletait un ouvrage de Schopenhauer, mais les mots se brouillaient devant ses yeux. Ses pensées étaient occupées par les mots qu'il n'avait pas encore formés, par les confessions qu'il n'avait pas encore osé partager. Il était en proie à une lutte intérieure, une dialectique sans fin entre le désir de révéler son cœur et la crainte de bouleverser l'équilibre fragile de leur relation.

Emma, de son côté, ressentait un vide grandissant, une absence de sonorité dans les interactions avec Samuel. Elle percevait l'hésitation dans sa voix, la réticence dans ses mouvements, et cela la remplissait d'une inquiétude diffuse. Comme Spinoza face au mystère des affects, elle cherchait à déchiffrer les causes de cette distance soudaine, à comprendre ce qui avait changé.

Le café, d'ordinaire un lieu de chaleur et d'échange, devenait le théâtre d'un drame intime où les protagonistes luttaient avec les mots qu'ils ne pouvaient pas dire. Ils étaient comme deux acteurs ayant oublié leur réplique, improvisant leurs scènes tout en cherchant désespérément leur texte perdu.

Les clients autour d'eux continuaient de parler, de rire, inconscients de la tension qui s'était tissée dans l'espace entre Emma et Samuel. C'était un silence chargé d'un millier de mots, une absence pleine d'histoires non racontées, de sentiments non exprimés, de passions contenues. Et au milieu de ce tumulte silencieux, le temps semblait suspendu, attendant que la barrière du non-dit soit brisée.

Chaque jour qui passait ajoutait un poids supplémentaire à ce silence, chaque rencontre non exploitée était une occasion manquée de partager la vérité de leurs cœurs. Et dans ce café qui avait été le témoin de tant de révélations et de commencements, le silence entre Emma et Samuel devenait le plus grand mystère, le plus lourd secret.

Emma, assise à sa table habituelle près de la fenêtre embrumée du café, observait Samuel dans son coin de réflexion. L'intuition, ce sixième sens souvent affûté chez elle, lui chuchotait qu'il y avait une mélodie cachée dans le silence de Samuel, une partition d'émotions non exprimées qui attendait son interprète.

Elle le regardait naviguer dans ses livres de philosophie, une quête qui semblait aller au-delà de la soif de savoir. C'était comme s'il cherchait une réponse à une question que même lui ne comprenait pas tout à fait. Emma ressentait les ondulations de cette quête, les vibrations d'un désir peut-être encore inconnu de Samuel lui-même.

Les jours précédents, des fragments de conversations, des échanges de regards, des rires partagés avaient créé une harmonie presque tangible entre eux. Mais maintenant, cette harmonie semblait s'être estompée, laissant place à une attente pleine d'anticipation.

Le café, avec ses arômes de grains torréfiés et de gâteaux tout juste sortis du four, était leur sanctuaire, un lieu où la vie semblait toujours promettre plus. Et c'est dans cet espace que Emma sentait que les non-dits de Samuel étaient des notes suspendues, des crescendos en pause, attendant le moment de se résoudre en accords parfaits. Cette intuition d'Emma, cette perception d'une symphonie sous-jacente, devenait une source de curiosité douce mais pressante. Elle connaissait bien les contours de l'âme humaine, les nuances subtiles des émotions et des pensées. Et elle savait que derrière la façade studieuse de Samuel, il y avait une marée de sentiments qui cherchait son chemin vers la surface.

Peut-être était-ce le temps passé ensemble dans le jardin, leurs mains travaillant la terre, leurs paroles échangeant des idées sur la croissance et la nature. Ou peut-être était-ce les soirées partagées, les histoires racontées aux enfants, qui avaient lentement tissé une toile de connexion entre eux.

Emma, avec une douceur instinctive, se promit de donner à Samuel l'espace nécessaire pour que cette mélodie cachée trouve sa voix. Elle serait patiente, car elle comprenait que certaines choses, comme les fleurs les plus délicates, ne pouvaient être précipitées. Mais elle serait là, une présence constante et attentive, prête à écouter lorsque la mélodie se déciderait enfin à émerger. Léo, le fils d'Emma, était un garçon de quatre ans à l'énergie inépuisable et à la curiosité insatiable. Son monde était rempli de merveilles et de questions, chaque nouvelle découverte l'amenant à poser des interrogations toujours plus profondes. C'était au Café de l'Espoir, un après-midi ensoleillé, que la candeur de Léo servit de catalyseur inattendu à des vérités cachées. Tandis qu'Emma discutait avec une voisine, Léo s'aventura vers Samuel, son livre de contes à la main.

«Pourquoi tu regardes toujours ma maman ?» demanda-t-il avec la franchise propre à l'enfance. Samuel, pris au dépourvu, chercha une réponse adaptée à la compréhension d'un enfant. «Ta maman est très gentille, et elle sait beaucoup de choses sur les plantes,» répondit-il finalement, un sourire timide éclairant son visage.

Mais Léo, dans sa logique enfantine, n'était pas satisfait. «Mais tu la regardes même quand elle ne parle pas des plantes.» Ses yeux bruns fixaient Samuel avec une intensité déconcertante, comme s'il pouvait voir au-delà des barrières que même les adultes avaient du mal à franchir.

Samuel se trouvait dans une impasse, face à une interrogation qui lui révélait ses propres sentiments, ceux qu'il avait tant cherché à analyser et à comprendre. Léo, sans le savoir, avait posé son doigt sur la vérité que Samuel avait tenté de voiler même à lui-même. La sincérité de l'enfant avait le pouvoir de démanteler des années de fortifications intellectuelles, de rendre les mots superflus et de mettre à nu les cœurs.

Emma, ayant terminé sa conversation, s'approcha pour

écouter la réponse de Samuel. Elle vit le trouble dans ses yeux, la manière dont il luttait pour garder son masque de sérénité. C'était dans ce moment de vulnérabilité que Emma perçut plus clairement que jamais l'affection de Samuel pour elle.

Léo, content de l'attention qu'il avait suscitée, ouvrit son livre pour montrer à Samuel les images colorées. «Et toi, tu aimes les histoires ? Parce que j'aime bien les histoires avec des chevaliers et des dragons.» Samuel acquiesça, reconnaissant dans les histoires de Léo les métaphores des batailles qu'il menait en lui. «Oui, j'aime les histoires, Léo. Surtout celles qui finissent bien,» dit-il, son regard se levant pour croiser celui d'Emma, plein d'une promesse non formulée.

Dans l'innocence de Léo, dans ses questions directes, résidait la clé qui ouvrait la porte des non-dits entre Emma et Samuel. Le catalyseur innocent de vérités était un enfant qui, sans le poids des conventions sociales, posait des questions qui ouvraient les cœurs et libéraient les sentiments longtemps retenus.

Dans l'intimité de son bureau, sous la lueur tamisée d'une lampe, Samuel se tenait penché sur une feuille de papier vierge. Les mots, qui jusqu'alors s'étaient échappés à lui dans la réalité quotidienne, commençaient à couler de sa plume avec une urgence qui trahissait l'intensité de ses sentiments. C'était une lettre à Emma, une déclaration écrite, où chaque mot choisi était à la fois un aveu et un poème.

Avec une honnêteté brutale, il déversait ses pensées, se

dévoilant non pas comme le philosophe ou l'intellectuel que tous connaissaient, mais en tant qu'homme, épris et vulnérable. Il parlait de la beauté dans la simplicité de son sourire, de la passion suscitée par l'ardeur de ses convictions, de la douceur trouvée dans le son de son rire.

Samuel écrivait de la lutte qu'il menait contre l'attrait qu'il éprouvait pour elle, un conflit intérieur qui le consumait de plus en plus chaque jour. «Votre présence est devenue le soleil de mes jours ordinaires, la lune éclairant mes nuits de réflexions,» rédigeait-il, ses mots chargés de la poésie de Victor Hugo, exprimant un désir charnel et spirituel qui dépassait l'entendement.

Dans cette lettre, il y avait des échos de Schopenhauer, une reconnaissance du désir comme une force fondamentale de la vie, mais aussi l'influence de Spinoza, la recherche d'une joie profonde qui transcenderait la simple satisfaction des passions. Il parlait de la manière dont elle avait changé sa perception de l'existence, comment elle l'avait rendu conscient de l'infinie complexité et de la beauté de l'expérience humaine.

Il terminait sa lettre en laissant son cœur parler, sans filtres, sans les barrières de la raison. «Je ne sais pas de quelle manière vous accueillerez mes mots,» écrivait-il, «mais ne pas vous les dire serait renier la vérité de ce que je ressens, un déni de mon être le plus authentique. Emma, vous avez éveillé en moi un désir qui dépasse le désir même, une passion qui brûle plus clairement que toutes les étoiles du ciel nocturne.»

La lettre achevée, Samuel la relisait, son cœur battant

à l'unisson avec chaque mot inscrit. C'était un poème d'aveu, un acte de courage et un pas vers l'inconnu. Demain, il la remettrait à Emma, et en attendant, il se tenait dans le silence de la nuit, la lettre à la main, comme un navigateur tenant une carte au trésor qui mènerait, il l'espérait, à un monde nouveau.

Dans le sanctuaire tranquille de sa chambre, les murs tapissés de souvenirs et d'échos de rires, Emma tenait la lettre de Samuel. Une simple enveloppe, mais son poids était celui d'un monde, son contenu, une galaxie d'émotions inexplorées. Elle rompit le sceau avec une hésitation qui n'était pas de la peur, mais du respect pour le moment qu'elle s'apprêtait à vivre.

Le papier crissait entre ses doigts tandis qu'elle dépliait la lettre. Les mots de Samuel, rangés en lignes soignées, sautaient à ses yeux comme des notes sur une portée, chacune vibrante de sens et de sentiment. Chaque phrase était un battement de cœur, et le sien répondait, un écho dans la poitrine qui s'accélérait avec la lecture.

Emma absorbait les aveux de Samuel, son esprit s'envolant à chaque mot vers les souvenirs partagés, les moments passés côte à côte dans le jardin, les discussions philosophiques qui se prolongeaient dans la douceur des soirs d'été. Elle lisait les mots de désir, de passion, de lutte et de révélation, et chaque ligne était une résonance dans l'âme de leurs expériences entrelacées.

Son cœur était suspendu dans un espace hors du temps, battant au rythme des confessions d'encre noire. Elle sentait la sincérité de chaque aveu, la vulnérabilité de chaque espoir exprimé. Samuel, l'homme du monde des idées, se présentait à elle dans le monde des passions, dévoilant une humanité brute qui touchait Emma dans sa propre humanité.

Les mots de Samuel, «un désir qui dépasse le désir même», résonnaient en elle, une mélodie qui avait toujours joué en sourdine, et qui maintenant trouvait sa voix. C'était comme si elle avait toujours su, quelque part, que leur connexion était destinée à transcender l'amitié, à devenir quelque chose de plus profond, quelque chose d'indéniablement réel.

Emma, la lettre serrée contre son cœur, s'approchait de la fenêtre. Le ciel était éclaboussé d'étoiles, chaque lumière lointaine semblait briller en hommage à la révélation qu'elle venait de recevoir. Elle comprenait, avec une clarté qui la laissait sans voix, que le chemin devant eux était à la fois effrayant et beau, plein de possibilités et de promesses.

Dans le silence de sa chambre, Emma prenait la décision de répondre à Samuel non pas avec des mots, mais avec son cœur. Demain, elle lui donnerait sa réponse, une réponse qui avait germé dans le sol fertile de leurs âmes et qui, à présent, était prête à fleurir.

Le lendemain, dans l'alcôve chaleureuse du Café de l'Espoir, les échanges matinaux bourdonnaient en fond sonore, mais pour Emma et Samuel, c'était comme s'ils étaient seuls au monde. Les mots n'étaient pas nécessaires ; ils savaient tous deux que la lettre avait été lue, que son contenu avait été absorbé non seulement par l'esprit, mais aussi par le cœur.

Ils se rejoignirent dans le jardin, là où la terre et la croissance étaient devenues les métaphores de leur relation naissante. Leurs regards se croisaient, et dans cet échange silencieux, il y avait une compréhension qui transcendaient les mots, qui rendait la communication verbale presque superflue.

Emma, avec une douce assurance, s'approcha de Samuel. Sa main trouva la sienne, et dans ce contact, il y avait un langage universel, une conversation de touchers et de gestes qui racontait l'histoire de deux âmes qui se découvraient et s'acceptaient. C'était l'essence même de Spinoza, la joie pure née de la rencontre de deux êtres, la confluence de deux univers en harmonie.

Autour d'eux, le jardin s'éveillait, les fleurs s'ouvraient aux premiers rayons du soleil, et la nature elle-même semblait célébrer cet échange tacite. Les oiseaux chantaient, les abeilles butinaient, et le monde continuait de tourner, mais pour Emma et Samuel, le temps s'était ralenti, offrant un moment d'éternité.

Samuel, le philosophe habituellement retenu, laissait son cœur s'exprimer librement dans la pression de sa main. Emma, la femme d'action et de passion, laissait sa force tranquille répondre. Ils étaient deux moitiés d'un dialogue silencieux, deux narrateurs d'une histoire écrite non pas sur le papier, mais dans l'espace partagé entre leurs deux existences.

C'était la communion dans sa forme la plus pure, la réalisation que parfois, les choses les plus profondes sont dites sans mots. Et dans cette communion, ils trouvaient une vérité plus profonde que toutes les théories philosophiques : l'amour était leur langage commun, leur dialecte partagé, la mélodie de leur être ensemble.

Dans le cadre rustique du Café de l'Espoir, les enfants constituaient une toile de fond vivante, où chaque sourire et chaque éclat de rire peignaient une scène de joie et d'innocence. Au milieu de ce tableau, Emma et Samuel découvraient la profondeur de leur acceptation mutuelle, les enfants servant de rappel constant que l'amour, dans sa forme la plus pure, ne nécessite aucune justification.

Les enfants, insouciants et libres, interagissaient avec Emma et Samuel sans préjugés ni attentes. Leur capacité à accepter sans condition offrait un miroir à la relation naissante entre les deux adultes. Dans les yeux des enfants, qui voyaient Emma et Samuel comme des figures de bienveillance et de sécurité, se reflétait la vérité simple que toutes les formes d'affection sont naturelles et précieuses.

Au-delà de leur rôle d'observateurs, les enfants participaient activement à consolider le lien entre Emma et Samuel. Leurs questions naïves, leurs gestes spontanés, et leur facilité à montrer de l'affection créaient un environnement où l'ouverture du cœur devenait la norme, où les barrières tombaient et où le cœur parlait plus fort que l'esprit.

Ce fut dans cet esprit que, lors d'une activité de jardinage avec les enfants, Samuel se trouva à enseigner à un petit groupe comment planter des graines de tournesol. Emma les rejoignit, s'agenouillant à ses côtés, leurs mains se touchant parfois au hasard des mouvements. Les enfants, absorbés par leur tâche, ne remarquèrent pas les regards tendres échangés au-dessus de leurs têtes, ni la manière dont leurs épaules se frôlaient un peu plus que nécessaire.

C'était dans ce contexte, entourés de l'acceptation pure des enfants, que la connexion entre Emma et Samuel se renforça. L'amour n'était pas une île isolée mais un continent connecté par les ponts de l'acceptation, où chaque interaction, chaque sourire, chaque regard partagé ajoutait une pierre à l'édifice.

En fin de journée, alors que les enfants couraient jouer, Emma et Samuel restèrent assis, contemplant le jardin maintenant parsemé de nouvelles plantations. Les rires des enfants résonnaient en arrière-plan, un hymne à la simplicité et à la beauté de l'acceptation. Ils n'avaient pas besoin de mots pour exprimer ce qu'ils ressentaient ; les enfants avaient déjà peint le tableau pour eux, un monde où l'amour était aussi essentiel et naturel que l'air qu'ils respiraient.

Au Café de l'Espoir, les journées s'écoulaient avec la régularité rassurante d'un métronome, rythmant les vies de ceux qui s'y retrouvaient. Cependant, ce jour-là, il y avait une anticipation dans l'air, un frémissement presque imperceptible, comme si le café lui-même retenait son souffle. Emma et Samuel, après des semaines de tension silencieuse et d'aveux non formulés, s'apprêtaient à franchir un seuil.

Ils s'étaient installés à leur table habituelle, celle avec vue sur le jardin florissant. Leurs mains, posées sur la surface usée par le temps, étaient proches, si proches qu'elles se touchaient presque. Leurs yeux se rencontraient souvent, s'attardant l'un sur l'autre avec une intensité nouvelle, révélant une profondeur de sentiment que le café n'avait jamais été témoin auparavant.

Ce fut un geste simple, une question de centimètres dans l'espace confiné sous la table, mais lorsque les doigts de Samuel frôlèrent ceux d'Emma, ce fut comme s'il avait comblé des années-lumière de distance. Elle répondit à ce contact, non pas avec des mots, mais en enroulant doucement ses doigts autour des siens.

Le café, dans son silence respectueux, observait le rapprochement timide de ces deux êtres. Les clients habituels, absorbés dans leurs propres mondes, ne notaient pas le changement subtil dans la dynamique de l'espace. Mais pour Emma et Samuel, ce contact signifiait tout. C'était une promesse, un engagement, une déclaration muette mais oh combien éloquente.

Ce baiser des mains sous la table était un prélude, le doux commencement d'une symphonie d'amour. Et lorsque leurs lèvres se rencontrèrent finalement, dans un baiser timide mais déterminé, c'était l'apogée de ce que leurs cœurs avaient chanté en silence. Le baiser était une fusion de leurs solitudes passées, une affirmation de leur désir d'être ensemble, une reconnaissance mutuelle de leur appartenance.

Les murs du café, si ils pouvaient parler, auraient murmuré des histoires de destins entrelacés et de passions révélées. Mais dans leur discrétion, ils se contentaient d'être les gardiens silencieux de ce moment intime, témoignant de l'évolution d'une amitié en quelque chose de plus précieux, de plus intime.

Le café, ce jour-là, n'était pas seulement un lieu de restauration ; c'était le berceau d'une romance qui avait mûri dans le secret des cœurs. Et tandis que le monde continuait de tourner autour d'eux, pour Emma et Samuel, tout ce qui importait était le doux contact de leurs lèvres, le premier chapitre tangible d'une histoire d'amour encore à écrire.

La nuit enveloppait le village dans son voile tranquille, parsemant le ciel de points scintillants et drapant le Café de l'Espoir d'une atmosphère de mystère et de possibilité. Emma et Samuel se trouvaient à l'extérieur, sous la voûte céleste, partageant le silence complice qui succède souvent aux premières révélations de l'amour.

Leur baiser timide de l'après-midi avait été un aveu silencieux, une reconnaissance de leurs sentiments partagés, et alors que l'obscurité les enveloppait, ils se retrouvaient confrontés à l'immensité de la nuit et à l'intimité de leur nouvelle connexion. C'était un moment suspendu, une pause dans le tourbillon de l'existence où tout semblait possible.

La nuit, confidente de leurs confidences et de leurs désirs, les écoutait partager leurs rêves et leurs espoirs pour l'avenir. Leurs voix basses se mêlaient au souffle du vent dans les arbres, créant une mélodie douce et rassurante. Le ciel nocturne, éclatant de ses milliards d'étoiles, semblait refléter la brillance de leurs émotions, chaque étoile un symbole de la passion qui couvait en eux.

Dans cet espace intime, ils parlaient de la vie, de la philosophie, des énigmes de l'existence que Sartre et Schopenhauer avaient contemplées avant eux. Mais contrairement à ces penseurs, pour Emma et Samuel, l'existence n'était pas un fardeau ou une série d'absurdités ; c'était un tableau qu'ils peignaient ensemble, avec les couleurs de leur affection et de leur passion.

Ils discutaient également de Spinoza et de l'idée que la joie est le passage d'une moindre à une plus grande perfection. Leurs cœurs, en se rapprochant, avaient traversé ce chemin, se sentant plus complets, plus vivants dans la réciprocité de leur amour. Et dans les mots non écrits de Victor Hugo, ils voyaient leur propre histoire d'amour, un roman écrit non pas avec de l'encre, mais avec la vérité de leur expérience partagée.

Le temps passait inaperçu, les heures s'égrenaient comme des grains de sable dans un sablier oublié. L'obscurité autour d'eux n'était pas un vide, mais un espace rempli de leur présence mutuelle. Et lorsque le premier indice de l'aube commença à teinter l'horizon, ils savaient que la nuit avait été le témoin silencieux d'un changement irréversible dans leurs vies.

La nuit avait été leur confidente, et l'aube qui se levait était le symbole d'un nouvel espoir, d'un nouveau départ. Ensemble, ils avaient traversé l'obscurité et avaient trouvé lumière et réconfort l'un dans l'autre. Ce n'était pas seulement un nouveau jour qui commençait, mais une nouvelle vie, une nouvelle aventure qu'ils entreprendraient côte à côte.

Le Café de l'Espoir avait vu naître beaucoup d'histoires, mais celle d'Emma et Samuel était unique, tissée dans le calme et la beauté d'une nuit étoilée, une histoire d'amour qui continuait à s'écrire avec l'aurore de chaque nouveau jour.

Un nouveau chapitre ensemble

À l'aube, alors que les premières lueurs du jour balaient la nuit et que le monde émerge lentement de son sommeil, Samuel fait face à un tumulte intérieur. Les doutes matinaux s'accrochent à lui comme la rosée sur les toiles d'araignée du jardin : fragiles mais persistants. Il s'interroge sur la nature de son engagement envers Emma, sur le changement que cela implique dans sa vie ordonnée et prévisible.

Les espoirs nocturnes viennent ensuite, portés par les étoiles qui s'éteignent doucement dans le ciel de l'aube. Samuel repense aux mots d'Emma, à la chaleur de ses mains, à la lumière de son sourire qui promet un futur plein de possibles. C'est un mélange de peur et d'anticipation qui le tient éveillé, une lutte entre la raison et la passion, entre l'existence solitaire d'un homme de pensée et la vie partagée qu'il pourrait avoir avec Emma.

Il se rappelle des enseignements de Spinoza, cherchant à comprendre ses émotions, à les accepter comme faisant partie intégrante de son être, mais aussi à ne pas les laisser gouverner sa vie. Pourtant, c'est le désir brûlant, celui dont parle Anaïs Nin, qui semble prendre le dessus, celui qui invite à l'exploration de l'inconnu et à l'embrasement de l'intimité partagée.

Emma, de son côté, se réveille avec un sentiment de plénitude. Les doutes sont là, bien sûr, comme des ombres fugaces au coin de la rue, mais ils sont vite dissipés par la chaleur de ses sentiments pour Samuel. Elle ressent la magie de la vie à deux, le potentiel d'un quotidien transfiguré par l'amour et le désir. Elle se demande comment engager pleinement son cœur tout en préservant l'essence de qui elle est.

Le café, dans les premières heures, devient le sanctuaire de leurs espoirs et de leurs peurs. Ils s'y retrouvent, se soutenant mutuellement dans le silence de la compréhension. C'est un lieu où les doutes matinaux se fondent dans les espoirs nocturnes, où la promesse d'une nouvelle journée offre un terrain fertile pour l'amour à cultiver.

La planification du livre que Samuel et Emma décident d'écrire ensemble devient une métaphore de leur propre vie en train de se tisser. Comme un puzzle dont chaque pièce représente un fragment de leur existence, le livre prend forme à travers des sessions de brainstorming animées par l'énergie créative du café, où les arômes du café fraîchement moulu stimulent leur imagination.

Ils s'installent avec des feuilles éparpillées, des stylos, et des tasses fumantes, transformant une table du café en un tableau de commande pour leur aventure littéraire. Chaque chapitre qu'ils envisagent est un reflet d'un aspect de leur relation : la découverte, le conflit, la résolution, la passion. Ils discutent des thèmes, des arcs narratifs, des personnages, trouvant un plaisir partagé dans cet acte de création.

Pour Samuel, ce projet est une exploration de la continuité entre la vie et l'art, où la frontière entre les deux devient floue. C'est un terrain où il peut appliquer son intellect et sa passion de manière concrète. Pour Emma, c'est l'occasion de canaliser sa créativité débordante et son expérience de la vie dans un format qui lui permet d'exprimer ses idées les plus profondes.

Tous deux découvrent que la planification du livre est un exercice d'équilibre entre leurs perspectives uniques. C'est un dialogue où les idées de l'un rencontrent les concepts de l'autre, où l'intuition poétique d'Emma danse avec la rigueur analytique de Samuel. Ensemble, ils construisent une structure qui est à la fois solide et ouverte, permettant à leur histoire de respirer et de grandir.

Le puzzle de leur vie, avec ses pièces de joie, de peine, de banalité et d'exaltation, se construit sous leurs yeux. Ils prennent conscience que leur livre n'est pas seulement un projet commun, mais un témoignage de leur union, de leur engagement l'un envers l'autre, et de leur désir de laisser une empreinte commune dans le tissu du monde.

L'écriture à quatre mains de Samuel et Emma se déroule au Café de l'Espoir, devenu leur atelier littéraire. Dans ce dialogue de cœurs, ils composent ensemble les lignes d'un récit qui est autant une célébration de leur amour naissant que de leur passion pour les mots.

Les matinées sont consacrées à l'écriture, leurs plumes glissant sur le papier, leurs pensées s'entrelaçant comme des vignes. Emma écrit avec une spontanéité ardente, ses phrases débordant de l'intimité et de la sensualité qu'Anaïs Nin aurait revendiquées. Samuel, en retour, infuse le texte d'une introspection philosophique, d'une recherche de sens qui équilibre la prose d'Emma avec une touche de gravité réfléchie.

Ils découvrent la magie de l'écriture partagée, où les idées de l'un inspirent l'autre, où un chapitre commence par une main et se termine par l'autre. Leur récit devient un tissu riche de leurs individualités fusionnées, un lieu où la magie de la vie à deux prend forme, où le désir et l'amour se mêlent à la trame de l'existence quotidienne. À travers leurs mots, ils explorent les nuances de l'engagement : les joies, les peurs, les espoirs et les défis. C'est un hymne à l'amour qu'ils écrivent, mais aussi une reconnaissance que l'amour est complexe, qu'il nécessite du courage, de l'ouverture et parfois, du compromis.

Chaque session d'écriture se termine par la lecture à voix haute de ce qu'ils ont écrit, une vulnérabilité partagée qui les rapproche encore plus. C'est dans ces moments que leur connexion s'approfondit, non seulement en tant qu'amants et partenaires, mais en tant que créateurs partageant une vision commune.

Dans le cocon du Café de l'Espoir, Emma et Samuel débattent avec vigueur sur les nuances de leur livre commun. Ces débats sont le terreau fertile où pousse leur amour, s'épanouissant même dans le désaccord. C'est dans ces échanges passionnés que l'amour se montre sous une autre lumière, révélant la solidité de leur union.

Emma, avec ses idées audacieuses et sa prose lyrique, défend ses perspectives avec une fougue qui irradie. Samuel, son égal en esprit et en sagesse, offre des contrepoints réfléchis qui forcent Emma à aiguiser ses arguments. Ils trouvent une étrange douceur dans ces frictions intellectuelles, une forme de danse où chaque pas en arrière est un prélude à un pas en avant.

Leur amour ne faiblit pas face à ces tensions créatives, bien au contraire. Ces moments de débat deviennent des démonstrations de leur engagement l'un envers l'autre, une assurance que leur relation peut résister aux tempêtes. C'est une passion qui embrasse la complexité, qui reconnaît que l'amour véritable est robuste, capable de naviguer les mers tumultueuses du désaccord.

Dans le café, leur table devient une arène où se jouent des joutes verbales, des échanges animés qui captivent parfois l'attention des autres clients. Mais plus que de simples mots, c'est le respect sous-jacent, l'affection qui transparaît même dans le conflit, qui marque les esprits. C'est la confirmation que l'amour n'est pas une mer d'accalmie, mais un océan où naviguer ensemble, parfois contre le vent, renforce les liens.

Chaque débat clos, ils partagent un sourire complice, une caresse, une tasse de thé partagée, des gestes qui disent «nous sommes toujours nous», indépendamment des idées qui les séparent. Et dans ces gestes, dans ces silences après la tempête, réside la véritable mesure de leur amour.

À la lueur dorée de l'après-midi qui filtrait à travers les fenêtres du Café de l'Espoir, Léo et ses amis se rassemblaient autour d'une grande table en bois. Des feuilles de papier blanc éparpillées devant eux étaient prêtes à accueillir des trésors de créativité enfantine. Avec une collection de crayons de couleur, de paillettes et de pastels, ces jeunes artistes se préparaient à plonger dans un monde où l'imagination régnait en maître.

Emma et Samuel, les observant, ne pouvaient s'empêcher de sourire devant la scène. Pour eux, ces dessins étaient bien plus que de simples gribouillages ; c'était la vision du monde à travers les yeux de l'innocence, un monde où la magie et la réalité s'entrelaçaient sans effort. Chaque trait de crayon, chaque pincée de paillettes apportait à la surface la pureté des perceptions enfantines.

Léo, concentré et la langue légèrement sortie dans un geste de concentration intense, dirigeait son crayon avec assurance. Son dragon, grandiose et amical, veillait sur un jardin fantastique où les fleurs pouvaient chanter et les arbres raconter des histoires. «Le dragon, c'est

Samuel», expliquait-il avec une certitude enfantine. «Il veille sur nous.» Et dans son esprit, le jardin qu'il dessinait était leur café, un lieu de bonheur et de sécurité où tous étaient les bienvenus.

Samuel, touché par cette comparaison, voyait dans le dragon une représentation de sa propre transformation. Là où il avait été autrefois un gardien solitaire de son monde intérieur, il se découvrait maintenant protecteur d'un trésor bien plus précieux : leur relation naissante et le bien-être de cette petite communauté.

Emma, quant à elle, trouvait une beauté saisissante dans les dessins des enfants. Chaque page était une fenêtre sur une réalité alternative, où la simplicité rencontrait le sublime. Ces dessins étaient un rappel poignant que la vie, malgré ses complexités et ses nuances, pouvait être interprétée avec une joie et une simplicité rafraîchissantes.

Au fur et à mesure que l'après-midi se déroulait, les enfants remplissaient les pages avec leurs visions colorées, créant un patchwork d'images qui reflétaient leur joie de vivre. Les autres clients du café s'arrêtaient pour admirer leur travail, certains souriant avec nostalgie, d'autres offrant des mots d'encouragement ou même suggérant des idées pour enrichir leurs créations.

Quand vint le moment de ranger les crayons et de nettoyer les paillettes éparpillées, un mur du café avait été transformé en exposition improvisée. L'œuvre de Léo trônait au centre, entourée des peintures et dessins de ses amis. C'était une mosaïque de couleurs et de formes, un hymne à la vie et à l'imagination sans limites.

Pour Emma et Samuel, la journée avait été révélatrice. Ils comprenaient que leur engagement l'un envers l'autre et envers leur projet commun s'enrichissait de ces expressions pures. Les illustrations des enfants étaient devenues une partie intégrante de leur histoire, des chapitres non écrits qui parlaient avec autant d'éloquence que les mots qu'ils alignaient dans leur livre. La journée s'acheva sur une note de tendresse et de réflexion. Emma et Samuel, main dans la main, contemplaient le mur coloré. Ils savaient que ces images étaient le reflet de leur propre parcours – un voyage où l'amour, la fantaisie et l'authenticité dessinaient les contours d'un futur à écrire ensemble.

Au cœur du Café de l'Espoir, un événement était sur le point de rassembler le village : la présentation du livre d'Emma et Samuel. C'était un rêve qui prenait forme, une vision commune qui s'était matérialisée en pages reliées, prêtes à être partagées avec ceux qui avaient été témoins de leur histoire depuis le début.

La veille de la présentation, Emma et Samuel s'activaient dans les préparatifs, décorant le café de guirlandes et de fleurs du jardin, créant une atmosphère accueillante et festive. Les tables étaient déplacées pour créer un espace central où les villageois pourraient se rassembler et où les enfants, ces illustrateurs innocents, pourraient exposer fièrement leurs œuvres aux côtés du livre achevé.

Le jour venu, le café bourdonnait d'une excitation palpable. Les habitants du village, jeunes et vieux, arrivaient avec des attentes et une curiosité pour la création d'Emma et Samuel. C'était un moment de fierté pour le couple, la concrétisation d'un projet qui avait commencé comme une graine d'idée et qui avait fleuri en une réalisation tangible.

Ils avaient disposé des copies du livre sur une table drapée de lin blanc, chaque exemplaire une invitation à explorer les profondeurs de leur collaboration. La couverture, ornée d'une illustration de Léo, attirait les regards et suscitait des sourires.

Lorsque le moment fut venu de prendre la parole, Emma et Samuel se tenaient côte à côte devant la communauté assemblée. Ils parlèrent de leur voyage, des défis et des joies qu'ils avaient rencontrés en écrivant ensemble. Ils expliquèrent comment chaque page était imprégnée de leur amour pour le village, pour la nature, et pour les histoires qui lient les gens les uns aux autres.

Les enfants, éparpillés dans la foule, écoutaient avec admiration. Ils voyaient leur contribution sur les murs et dans les livres, un rappel que leur imagination avait joué un rôle clé dans l'inspiration du récit. Ils apprenaient que la créativité ne connaît pas de limites d'âge et que leurs dessins avaient une valeur et une importance réelles.

À la fin de la présentation, la communauté s'approcha pour feuilleter les pages du livre, pour féliciter Emma et Samuel, pour partager leurs propres histoires. Le Café de l'Espoir avait été le témoin de la genèse de leur amour et de leur projet, et maintenant, il célébrait avec eux la réalisation de leur rêve.

Le soir tombait doucement lorsque les derniers visiteurs quittèrent le café, laissant Emma et Samuel dans le calme réconfortant du lieu. Ils se regardèrent, les yeux pétillants d'émotion, sachant que ce n'était pas seulement un livre qu'ils avaient présenté, mais un morceau de leur vie, une carte de leur voyage commun. C'était un rêve concrétisé, mais aussi le début de nouveaux chapitres à écrire, ensemble.

La présentation du livre au sein de la communauté du Café de l'Espoir fut un moment de célébration, mais aussi de vulnérabilité. Avec chaque copie partagée, Emma et Samuel ouvraient un chapitre de leur intimité au regard du village, invitant les critiques comme les éloges, chacun résonnant comme l'écho du monde extérieur à leur union.

Leurs voisins parcouraient les pages, certains avec un sourire approbateur, d'autres avec un froncement de sourcils contemplatif. Les éloges étaient accueillis avec gratitude, chaque mot de soutien et d'admiration renforçant leur conviction que partager leur histoire avait été la bonne décision. Les compliments sur la prose, la profondeur des personnages et la vivacité des illustrations enfantines leur réchauffaient le cœur.

Les critiques, lorsqu'elles arrivaient, étaient parfois difficiles à entendre. Une vieille dame du village, connue pour son franc-parler, questionna la structure du récit, tandis qu'un adolescent du coin trouva le style un peu trop romantique pour son goût. Mais même dans la critique, il y avait des leçons à tirer, des moments de réflexion qui invitaient à la croissance personnelle et créative. Samuel, dans un élan philosophique, voyait dans chaque retour un moyen d'affiner encore leur art. Emma, avec son esprit plus pratique, comprenait que chaque retour était un cadeau, une façon pour le lecteur de s'engager avec le texte et de participer au processus créatif. Elle savait que l'art ne vivait pas dans l'isolement, mais dans le dialogue avec le public.

La soirée avançait, et les discussions autour du livre se faisaient plus animées. Des débats amicaux éclataient sur des points de l'intrigue, des personnages préférés étaient élu, et des passages étaient lus à voix haute, provoquant rires et parfois larmes. Le livre d'Emma et Samuel devenait un point de rencontre, un prétexte pour le partage et la communauté.

Au terme de la soirée, alors que les derniers visiteurs quittaient le café, Emma et Samuel se retrouvaient seuls parmi les chaises vides et les tasses salies. Ils étaient épuisés mais comblés, conscients que leur livre, comme leur amour, ne se définissait pas seulement par leurs propres yeux, mais aussi par ceux des autres.
Leur histoire, une fois chuchotée dans l'intimité de leur relation, était maintenant un écho dans le monde, résonnant à travers les pensées et les conversations de leur village. Ils avaient tissé leur amour dans le tissu de leur communauté, et en retour, cette communauté avait donné à leur histoire une vie nouvelle et dynamique.

Dans le sillage de leur présentation réussie, Emma et Samuel se retrouvaient souvent à contempler l'impact de leur livre sur le village et au-delà. Leur vulnérabilité, mise à nu dans les pages partagées, devenait une source de force inattendue. C'était une leçon qu'ils apprenaient ensemble : dans l'acte de se révéler, ils avaient trouvé une solidité et une connexion plus profondes.

Emma, habituée à être perçue comme une force de la nature, une femme indépendante et déterminée, trouvait une nouvelle puissance dans l'acte de se montrer ouverte et réceptive aux opinions des autres. Elle voyait que dans chaque critique constructive, il y avait une opportunité de grandir, de se dépasser et d'embrasser pleinement les nuances complexes de la vie.

Samuel, lui, qui avait longtemps cultivé une façade de retenue et de contrôle philosophique, se rendait compte que montrer ses incertitudes et ses espoirs n'était pas une faiblesse, mais un courage authentique. Il découvrait que la vraie force résidait dans la capacité à partager ses peurs, à les reconnaître et à les affronter ouvertement.

Ensemble, ils se soutenaient face aux critiques et aux éloges, prenant chaque commentaire comme un fil tissé dans le canevas de leur histoire commune. Ils réalisaient que la vulnérabilité était une langue universelle, un moyen de connecter avec les autres à un niveau plus humain, plus réel.

Dans le café, leurs discussions devenaient des espaces sûrs pour explorer ces thèmes de vulnérabilité et de force. Ils partageaient leurs expériences avec les clients habitués, recevant en retour des histoires de vie qui reflétaient leur propre parcours. Ces échanges étaient des rappels que la force ne vient pas de l'isolement, mais de la communauté et de la connexion.

Ce chapitre de leur vie, marqué par la révélation de leur travail créatif, était une déclaration que l'amour et l'art nécessitent à la fois de se protéger et de se mettre en danger. C'était une danse délicate, un équilibre entre le donner et le recevoir, qui les rendait plus forts, plus résilients et plus liés l'un à l'autre.

Dans le reflet de cette vulnérabilité partagée, Emma et Samuel voyaient non pas deux individus séparés, mais une union, une entité qui pouvait endurer les tempêtes et les éclats de soleil avec la même grâce. Leur amour, renforcé par les leçons apprises, devenait un phare pour leur propre voyage et pour ceux qui les entouraient.

Le futur, tel un vaste océan d'encre non encore répandue sur le papier, se tenait devant Emma et Samuel. Le livre qu'ils avaient écrit ensemble était un reflet du chemin parcouru, mais aussi la promesse des pages encore blanches à remplir, des histoires à vivre et à raconter.

Ils se tenaient souvent, tasses de café en main, à la fenêtre du Café de l'Espoir, contemplant le village qui s'éveillait à la lumière de l'aube. C'était dans ces moments de silence partagé que l'avenir leur apparaissait comme une toile encore vierge, une série de choix et de possibilités qui déroulait son potentiel au rythme de leurs aspirations.

Samuel, l'esprit autrefois exclusivement tourné vers les profondeurs de la réflexion, avait appris à voir l'avenir comme un chemin de découverte conjointe, où chaque décision prise ensemble était un pas de plus dans leur aventure commune. Il envisageait des projets, des voyages, des expériences qui enrichiraient non seulement leur récit personnel mais aussi celui qu'ils partageaient avec le monde.

Emma, pour sa part, s'enthousiasmait à l'idée de poursuivre leur collaboration, de trouver de nouvelles manières d'entremêler leur amour et leur créativité. Elle voyait le futur comme une série d'invitations à plonger plus profondément dans les joies de la vie à deux, à explorer les nuances de l'engagement et à célébrer chaque jour les surprises que la vie leur réservait.

Le café, témoignage de leur union, était le point de départ de ces voyages futurs. Il était leur port d'attache, le lieu où ils revenaient pour partager leurs découvertes, pour rire, pour parfois pleurer, et pour planifier les chapitres suivants.

Leur amour, un équilibre délicat entre donner et recevoir, entre enseigner et apprendre, avait évolué pour devenir un engagement mutuel envers leur croissance partagée. Chaque matin apportait avec lui l'excitation d'une page blanche, l'opportunité de créer ensemble quelque chose de nouveau, quelque chose de beau.

Et dans cet avenir, où chaque jour était une chance de réinvention, Emma et Samuel voyaient non seulement leur propre potentiel mais aussi celui de tous ceux qui les entouraient. Le futur était un chemin de pages blanches, et ils étaient prêts à le remplir avec les récits de leur voyage partagé, des histoires écrites avec l'encre de leur amour indélébile.

La fin de la journée au Café de l'Espoir avait quelque chose de sacré pour Emma et Samuel. C'était le moment où ils se retrouvaient pour un rituel devenu cher à leurs cœurs : la revue des moments partagés, la planification des jours à venir et le renouvellement silencieux de leur engagement l'un envers l'autre.

Cet engagement n'était pas constitué de grands gestes ou de déclarations flamboyantes, mais tissé dans le quotidien. Il se révélait dans les tasses de café qu'ils se servaient l'un à l'autre sans avoir à demander, dans la manière dont leurs mains se cherchaient instinctivement sous la table, dans les regards échangés qui disaient tout sans un mot.

La promesse qu'ils se faisaient, jour après jour, n'était pas gravée sur le papier ou scellée par une encre, mais par des actions simples et des choix quotidiens. C'était dans la façon dont Samuel s'arrêtait pour écouter Emma partager une nouvelle idée pour le jardin, dans l'attention qu'elle portait à ses réflexions philosophiques, même après une longue journée.

Les enfants, témoins de cette union, apprenaient à travers eux ce que signifiait aimer. Léo, avec sa candeur, posait souvent des questions qui faisaient sourire les adultes, mais qui révélaient une compréhension innée de l'importance de l'attention et du soin.

La communauté du village, aussi, était influencée par

leur relation. Emma et Samuel étaient devenus un exemple de ce que pouvait être un partenariat égalitaire, une source d'inspiration pour ceux qui cherchaient à construire ou à maintenir des relations basées sur le respect mutuel et la croissance partagée.

Leurs projets futurs, qu'ils soient liés à l'écriture, au jardinage ou simplement à la vie au sein du café, étaient abordés avec un sens renouvelé de la collaboration et de la joie. Ils avaient appris que l'engagement n'était pas un fardeau, mais une liberté : la liberté de se construire ensemble, d'explorer et d'expérimenter sans crainte de jugement.

Alors que le crépuscule enveloppait le monde extérieur, dans la chaleur du café, entre les murs imprégnés de rires et de conversations, Emma et Samuel se tenaient proches, forts de leur promesse quotidienne. C'était un engagement tissé de petits riens, de ces quotidiens qui, mis bout à bout, composent la trame d'une vie partagée.

Printed in Great Britain
by Amazon

33557461R00108